Juan Luis Duque
Eine andere Seite des Lebens

AF288978

1933 geboren, landete Juan Luis Duque 1945 als Flüchtling »A« in Kiel. Da der Vater auf der Flucht verschollen war, wurden die nächsten Jahre für die Mutter und die zwei Söhne sehr hart.

Auf eine Schlosserlehre folgte dann für Juan Luis Duque die staatliche Ingenieurschule. Nach knapp zwei Arbeitsjahren in Deutschland verschlug es ihn nach Südamerika, wo er 30 Jahre für eine Schweizer Firma arbeitete. Nach seiner Pensionierung entschied sich Juan Luis Duque 1988 wieder in seine Heimat zurückzukehren. Seine beiden Söhne sind schon lange aus dem Haus, und so lebt er mit seiner Frau, einer Schleswig-Holsteinerin, im »Unruhestand« in Kiel-Schilksee.

Gleich nach seiner Pensionierung widmete er sich dem Schreiben, in erster Linie über seine vielen Erlebnisse in Südamerika. Sein erstes Buch »Hi, Santa Claus« handelt allerdings von New Yorker Weihnachtsgeschichten.

Juan Luis Duque hat 30 Jahre in Südamerika gelebt. In seinen Anekdoten und Kurzgeschichten versucht er, die liebenswerten Gewohnheiten und Unterschiede zwischen einer typisch deutschen und der lateinamerikanischen Mentalität hervorzuheben.

Warum ist Morgen eigentlich nicht wirklich Morgen? Warum fahren die Busse in Südamerika immer Rennen? Und wieso sollen eigentlich Kokosnüsse nicht auf Menschen fallen? Was hat es mit dem Goldland *El Dorado* auf sich?

Auf diese und viele andere Fragen gibt der Erzähler in seiner humorvollen Art eine Antwort.

Der Leser, besonders wenn er Südamerika kennt oder kennen lernen möchte, wird mit einem Schmunzeln diese Lektüre genießen.

Juan Luis Duque

Eine andere Seite des Lebens

Ich widme die nachfolgenden Anekdoten und Geschichten allen meinen kolumbianischen Freunden. Ganz besonders aber meinem Freund Hernando, dem ich viel Einsicht in die lateinamerikanische Mentalität verdanke.

Die Lektüre dieser Anekdoten ist für diejenigen Leser gedacht, die entweder noch nie in Südamerika waren, aber davon träumen; für die, die schon einmal dort waren und ihren Aufenthalt gern in Gedanken nachvollziehen wollen – und nicht zuletzt für die, die dort gelebt haben und sich für eine Weile zurückversetzt sehen möchten

Sie sehen also: Wenn Sie diese Lektüre genießen wollen, sollten Sie Muße zum Träumen haben und bereit sein, sich verzaubern zu lassen.

2003
© Juan Luis Duque
Fotos: Juan Luis Duque
Satz und Layout: Buch & medi@ GmbH, München
Umschlaggestaltung: Kay Fretwurst, Spreeau
Herstellung: Books on Demand GmbH, Norderstedt
Printed in Germany
ISBN 3-8330-0812-1

Inhalt

Vorwort

Sehr geneigter Leser,

wenn Sie sich in die folgenden Texte vertiefen, werden Sie mit vielen kolumbianischen bzw. südamerikanischen Ausdrücken konfrontiert. Das ist beabsichtigt. Sie werden so ein wenig in das exotische Flair der dortigen Welt eingeführt. Aber nicht immer werden Sie die notwendigen Kenntnisse zur richtigen Aussprache mitbringen. Darum erlauben Sie mir folgende – hoffentlich hilfreiche – Hinweise:

- Die Betonung liegt normalerweise auf der vorletzten Silbe. Ist dies nicht der Fall, wird die zu betonende Silbe durch eine Tilde angezeigt. Daher meine Bitte: Nehmen Sie sich nicht immer ein Beispiel an den deutschen Nachrichtensprechern
- »c« wird vor »a«, »o«, »u« wie »k« ausgesprochen. Vor »e« und »i« wie ein scharfes »s«
- »ch« wird im Wort wie unser »tsch« ausgesprochen (z. B. macho = *matscho*, männlich). Am Wortanfang wird es »k« wie bei uns gesprochen (z. B. Christo = *Kristo*)
- »g« wird vor »a«, »o«, »u« als »g« gesprochen, vor »e« und »i« dagegen wie »ch« (z. B. Gerardo = *Cherardo*, Gerhard). Wenn allerdings ein »u« vor dem »e« und »i« steht, wird »g« auch als solches gesprochen (z. B. guisantes = *gisantes*, Erbsen)
- »h« wird nicht gesprochen (z. B. Honda = *Onda*)
- »j« wird wie unser »ch« gesprochen (z. B. mejor = *mechor*, besser)
- »ll« wird wie unser »j« gesprochen (z. B. Llanos = *Janos*)
- »ñ« ist ein nasal gesprochenes »n«, klingt wie »nj« (mañana = *manjana*, morgen)
- »y« wird wie unser »j« gesprochen (z. B. mayor = major, größer)

7

- »b« und »v« werden im Volk sehr oft ähnlich, fast gleich gesprochen. Das ist allerdings nicht korrekt. Richtig sollte das »b« auch als »b« gesprochen werden, wie in burro = *burro*, Esel, und das »v« wie ein weiches »w« in Wände
- »s« und »z« werden mit einem scharfen »s« gesprochen, ähnlich unserem »ß« (z. B. vez = *weß*, Mal). Ebenfalls wird so das »c« vor »e« und »i« gesprochen
- »eu«, »ei« werden immer getrennt gesprochen (z. B. neutro = *ne-utro*, allerdings etwas zusammengezogen). Dies ist für Europäer eines der schwierigsten Ausspracheprobleme in der spanischen Sprache. Ausgenommen hiervon sind oft – aber auch nicht immer – »au«, »oi« und »ai«

Ich hoffe, daß Sie trotz oder gerade mit diesen Erläuterungen bzw. Schwierigkeiten viel Spaß haben werden.

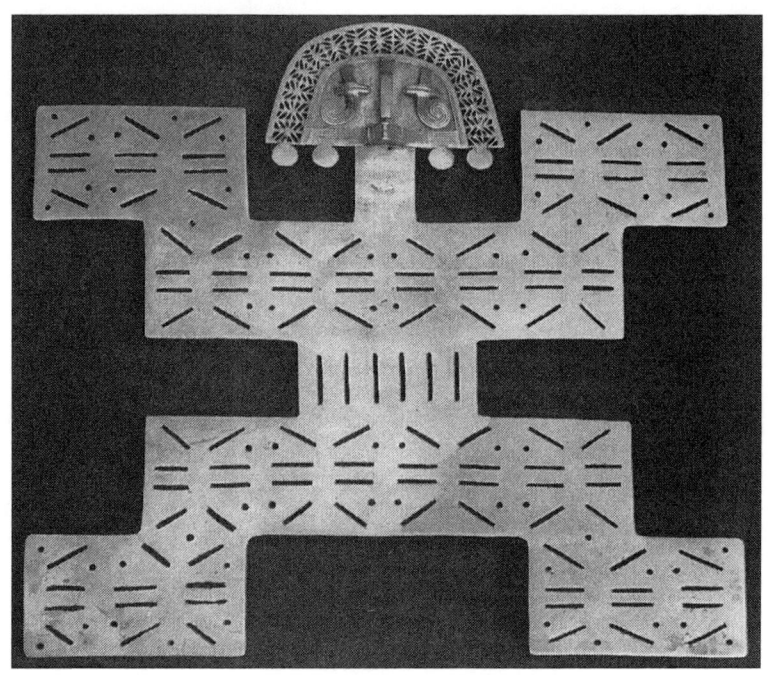

Brustplatte (pectorál) der
Pijaos Indios aus der archäologischen Zone TOLIMA

Mañana

D ieses Wort hat für mich einen bezaubernden Klang. Versuchen Sie es doch selbst einmal. Das erste »ñ« wird nasal gesprochen, ansonsten alles sehr weich. M a ñ a n a. Das klingt irgendwie exotisch und viel versprechend, hat mich aber oft an den Rand der Verzweiflung gebracht.

Wenn ich mich des Abends mit *hasta mañana* aus dem Büro verabschiede, dann kann jeder sicher sein, daß ich am nächsten Morgen Punkt acht Uhr wieder da sein werde. Darauf paßt mein Brötchengeber schon auf.

Aber schon wenn ich aus dem Krämerladen gehe und *hasta mañana* sage, bin ich mir nicht so sicher, daß ich auch morgen wiederkomme. Ich habe doch heute schon alles für die ganze Woche eingekauft.

Gänzlich unübersichtlich wird die Sache, wenn sich ein Kunde bei mir im Büro mit dem famosen *hasta mañana* verabschiedet. Der kommt doch ganz sicher nicht morgen, und wenn er wiederkommt, dann vielleicht in einem Monat.

Sie sehen also schon, das mit dem bezaubernden *mañana* ist nicht ganz nachzuvollziehen. Auch wenn man es mit einer Uhrzeit verbindet, etwa *mañana*, acht Uhr, gewinnt es nicht an Genauigkeit. Es ist nur etwas Verbindlicher als das nackte *mañana*.

Aber doch hat das Wort etwas Liebenswertes an sich. Man vermeidet ein klares »Nein«. Warum denn dem anderen wehtun? Man weiß ja sowieso nicht, was der Morgen bringt. Vielleicht kann man ja doch. Warum dann nicht gleich *mañana* sagen? Es könnte doch sein, daß ich kommen kann. Und vielleicht will ich ja in diesem Moment auch wirklich kommen. Also sage ich *mañana* und jeder ist zufrieden.

Jeder?

Also, wenn ich von einem Handwerker abhänge und der

kommt *mañana*, dann finde ich es gar nicht mehr spaßig, nicht zu wissen, woran ich bin. Das gilt erst recht, wenn es um wirklich wichtige Dinge geht, wie etwa einen Hauskauf. Da steht man dann beim Notar wie bestellt und nicht abgeholt. Wenn man Glück hat, dann erscheint die Gegenpartei doch noch irgendwann mit dem unvermeidlichen: »Stellen Sie sich vor, was mir passiert ist!« Aber das ist schon wieder eine eigene Geschichte.

Ich für meinen Teil bin dazu übergegangen, bei dem Wort *mañana* immer nach dem betreffenden Monat zu fragen: »*Mañana*, in welchem Monat?«

Ob das aber die Lösung ist? Die Leute schauen mich dann immer so komisch an. Es lacht jedenfalls keiner.

Maske der Indios, die am Río Calima lebten,
also aus der archäologischen Region CALIMA

Imagínese, lo que me pasó!
Stellen Sie sich vor, was mir passiert ist!

Angedeutet hatte ich diese Redewendung ja schon, als ich über das *mañana* schrieb. Es ist die Einleitung für eine Entschuldigung.

Wenn ich nicht pünktlich zu einer Verabredung kommen kann, weil ein Verkehrsunfall einen Stau verursacht hatte, wird der Sachverhalt mit den einleitenden Worten »*imagínese, lo que me pasó*« begonnen. Das ist verbindlich unverbindlich. Und jeder weiß, was er davon zu halten hat. Bis auf wenige *gringos*. Die glauben das auch immer.

Das »*imagínese, lo que me pasó*« muß man nicht so ganz wörtlich nehmen. Damit fangen auch kleinere oder größere Ausreden an, oder einfacher gesagt: jedes Geflunker.

Um die Verbindung mit dem schon beschriebenen *mañana* herzustellen: Wenn dann das *mañana* eintrifft, d.h. der Betreffende schlußendlich erscheint, kommt unweigerlich »*imagínese, lo que me pasó*« zum Tragen.

Meist konnte ich mich nach diesen einleitenden Worten eines Grinsens nicht erwehren. Die Geschichten können aber auch so gut sein, daß man die Wahrheit von der Dichtung nicht unterscheiden kann.

Um der Wahrheit gerecht zu werden: Nicht alles, was mit »*imagínese, lo que me pasó*« beginnt, ist reine Erfindung. Es ist eben eine allgemein gebräuchliche Floskel, die aber gewöhnungsbedürftig ist.

Diadem aus der CALIMA-Region

Zipaquirá

Auf den ersten Blick sieht Ihnen dieses Wort sicherlich unaussprechlich aus. Aber es ist einfach. Sprechen Sie es Zi-pa-ki-<u>ra</u> aus, mit der Betonung auf der letzten Silbe.

Zipaquirá darf in einem touristischen Angebot in Kolumbien nicht fehlen. Auch jeder deutsche Veranstalter hat es mit ziemlicher Sicherheit anzubieten. Vielleicht kennen Sie es besser unter dem Titel »Salzkathedrale«?

Ich höre schon Ihre Aahhs.

Von Bogotá knapp 50 Kilometer entfernt, ist sie auf verschiedenen Wegen zu erreichen. Per Bus, Touristenzug, Taxi usw. Das gängigste Verkehrsmittel ist aber der eigene Wagen bzw. der Touristenbus. Mit Besuchern aus Deutschland haben wir diese Reise oft unternommen, ist diese alte Stadt der *Muisca* doch ein Touristenmekka, das sich um die Salzkathedrale aufgebaut hat.

Vom Goldland – dem *El Dorado* – haben Sie sicher schon gehört. Und dieses Goldland vermutet man in der *Sabana de Bogotá*. Seiner Verheißung erlagen sowohl die Eroberer Nikolaus Federmann, ein Deutscher, der von Venezuela über Santa Marta auf die Hochebene von Bogotá kam, als auch Jiménez de Quesada. Und Sebastián de Belalcázar wollte von Ecuador aus auf dieses Plateau.

Überall sahen sie Gold. Den *Muiscas* oder *Chibchas*, wie sie auch genannt werden – der hier ansässige Stamm –, bedeutete Gold nicht besonders viel. Zumindestens nicht das, was es uns heute bedeutet. Es war eben einfach zu bearbeiten und bewahrte seinen Glanz. Man machte daraus Schmuckstücke ganz allgemeiner Art.

Die Häuser in *Zipaquirá* zum Beispiel waren mit Figuren aus dünnem Goldblech geschmückt und beeindruckten die Eroberer dermaßen, daß sich die Berichte vom Goldland überschlugen.

Dazu kam, daß jedes Jahr ein Ritual auf dem *Guatavita* See vollzogen wurde, das so ganz in diesen Rahmen paßte. Der Überlieferung nach brachte der Sohn des *caciques* von *Guatavita* zum Anfang eines jeden Jahres den Göttern ein Opfer dar, um sie für das neue Jahr gnädig zu stimmen.

Der ganze Stamm versammelte sich um die Lagune von *Guatavita*, die wahrscheinlich ein Vulkankrater ist. Sie liegt im Hochland in der Nähe von Bogotá und ist kreisrund und ziemlich tief. Dort wurde der junge Häuptling mit Öl eingerieben und mit Goldstaub angeblasen. Vier seiner Stammesältesten begleiteten ihn, alle mit reichlich goldenen Opfergaben versehen. Man fuhr mit einem Floß bis in die Mitte des Sees. Dort wurde den Göttern geopfert, die der Sage nach auf dem Grund der Lagune wohnten. Der junge *cacique* sprang selbst in die Fluten und erschien geläutert wieder an der Wasseroberfläche. Der Goldstaub

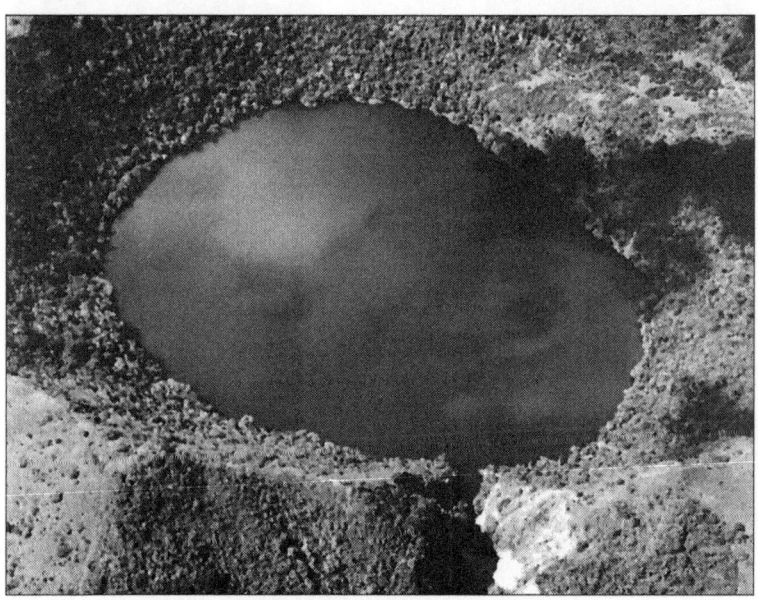

Luftaufnahme der Lagune von Guatavita.
Man sieht deutlich den Einstich zum Trockenlegen der Lagune

war abgespült worden und die Götter hatten sein Opfer angenommen.

Der Besuch dieser Lagune ist nicht im üblichen Touristenprogramm enthalten. Sollten Sie aber einmal die Gelegenheit haben, sie zu besuchen, werden Sie den Einschnitt in diesem Kraterkessel bemerken, den die Spanier gegraben haben, in der Hoffnung, die Lagune trockenlegen zu können, um so an die Opfergaben der *Muiscas* zu kommen. Die Lagune erwies sich aber als zu tief. Tauchgänge späterer Generationen haben keine wesentlichen Goldfunde zu Tage gefördert.

Eben alles nur Sage? Sei es, wie es sei: Diese – nennen wir

Diesen imposanten Anblick bekam man,
wenn man die Kathedrale betrat

sie einmal – Begebenheit gehört zum Verständnis der Sage von dem Goldland *El Dorado.*

War der Goldschmuck einmal von den Häusern der *indios* geraubt, blieb den Eroberern nichts mehr. Selbst Folterungen der *Muiscas,* um zu erfahren, wo denn die Minen seien, erbrachten nichts. Denn es gab sie gar nicht.

Die *Muiscas* waren ein Handel treibendes Volk und hatten eines im Überfluß: Salz. Schon damals gruben sie in *Zipaquirá* und handelten mit den Stämmen im umliegenden Tiefland. Die hatten das Gold, das ihnen die Flüsse zutrugen, und die *Muiscas* hatten das von ihnen benötigte Salz. Das war der eigentliche Reichtum dieses Volkes auf der Hochebene von Bogotá und Boyacá.

Die Spanier erkannten das nicht, und wenn man noch heute die Mär vom Goldland hört, so scheint mir, daß immer noch viele Zeitgenossen an das *El Dorado* glauben.

Kommen wir aber auf *Zipaquirá* zurück. In den späteren Jahren wurde das Salz industriell abgebaut. Es liegt zwischen nicht ergiebigen Kohleflözen, vermischt mit mehr oder weniger Abraum.

Die 12 Leidensstationen Christi in einem Seitenschiff

Erreichen Sie *Zipaquirá*, dann ist das Erste, was Sie sehen, die Souvenirstände. Sie bieten alles an, was man aus oder mit *marmaja* machen kann. *Marmaja* ist dort das gebräuchliche Wort für Pyrit, Eisenkies, Schwefelkies, Katzengold oder auf Englisch »*fools gold*«. Alles dasselbe: ein toll glänzender Kristall oder besser gesagt, Kristalle unterschiedlicher Größe in kleineren oder größeren Agglomerationen. Ich rate jedem Touristen, nicht gleich zuzuschlagen, sondern zuerst das Hauptprogramm, den Besuch der Kathedrale, zu absolvieren.

Nachdem wir unser Auto auf dem Hauptparkplatz abgestellt hatten, gingen wir die Hauptstraße nach oben, vorbei an offenen Betontanks, Leitungen, Abraumhalden und dergleichen. Das Salz-Kohle-Abraum-Gemisch wird nämlich mit großen Kippern aus dem Bergwerk gefahren und ganz einfach über eine Schräge in die Auflösetanks gekippt. Die Zirkulationspumpen sorgen dann für die Auslösung des Salzes. Ist die optimale Solekonzentration erreicht, geht es ab ins Siedewerk zur weiteren Verarbeitung.

Der Eingang für Besucher war etwas abseits der Kipperausfahrten. Nach Entrichten unseres Obolus durften wir einen notdürftig beleuchteten, aber bergmännisch recht gut ausgebauten Gang zur Kathedrale gehen. Erfahrene Besucher hatten eine Taschenlampe dabei und in ihrem Glanz fand man auf dem Boden immer noch kleine Marmajakristalle. Sie waren aber selten größer als Erbsen.

Vom Bergbau verstehe ich ja nichts, aber die 30 Zentimeter dicken Eukalyptusstämme – in Blockhausmanier zu Stempeln geschichtet – flößten mir Vertrauen ein und würden uns wohl vor allem schützen.

Also, 500 Meter lang war der Gang schon, leicht ansteigend. Plötzlich, ohne Vorwarnung, erhob sich vor uns ein gigantisches Raumgebilde.

Man hatte dieses Bergwerk einfach ausgebeutet, ohne es besonders auszubauen. Man ließ einfach große Säulen stehen. Säulen? Denken Sie da bitte nicht an Griechen und Römer. Diese hier waren rechteckig bzw. quadratisch, mit

Abmaßen von ca. 20 mal 20 Metern. Alles war gigantisch! Der Dom, also das Hauptschiff der Kathedrale, maß 30 Meter in der Höhe und mindestens 100 Meter in der Länge. Die Seitenschiffe waren immer noch über 10 Meter hoch. Die Beleuchtung – nicht zu üppig – erzeugte ein etwas schummriges Ambiente. Sehr angemessen für eine Kathedrale. Auf der Empore am Ende des Hauptschiffes stand ein großes, rustikales Kreuz aus Bambus. Am Boden davor entdeckte ich den Altar.

Bitte halten Sie sich einmal diese Dimensionen vor Augen. Das hätte ich hier drinnen nicht erwartet. Der Name »Kathedrale« war nicht nur zutreffend, es war – nicht nur von den Ausmaßen her – auch wirklich eine. Lange Bankreihen, Beichtstühle – alles war vorhanden, und jeden Sonntag um 10 Uhr wurde eine Messe gelesen.

Im rechten Seitenschiff waren die 12 Leidensstationen Jesu Christi in den Stein eingemeißelt worden. Das andere beherbergte unter anderem eine Krippe. Die Taufkapelle war ganz fein gemeißelt und ein richtiges Schmuckstück. Wundervoll konnte man die Maserung und den Verlauf der verschiedenen Gesteinsschichten erkennen. Alles andere war grob behauen und man sah noch die Spuren der Preßluftmeißel.

Leider war dieses »Kunstwerk« den Naturgewalten nicht gewachsen. Die Feuchtigkeit, die durch den Berg drückte, löste auch Salz aus den großen Säulen, und diese brachen bzw. verrutschen diagonal. Stahlseile, zwei bis drei Zentimeter dick, wurden um die Säulen gelegt, um sie zu stabilisieren. Auch wenn sie im Endeffekt die Kathedrale nicht retten konnten, haben sie doch eine wesentliche Verlängerung ihrer »Lebenszeit« bewirkt. Im Jahr 1988 mußte diese einmalige Attraktion wegen Einsturzgefahr geschlossen werden.

Salz wird im Bergwerk natürlich weiterhin abgebaut, und so hat man inzwischen eine neue Salzkathedrale geschaffen. Ich kenne sie zwar nicht, aber besuchen sollten Sie sie doch. Sie verpassen womöglich etwas Sehenswertes.

Auf dem Rückweg, nun, da kaufen Sie sich dann Ihre Souvenirs. Sie haben ja jetzt auch eine ganz andere Beziehung dazu. Handeln ist aber angesagt. Was Kitsch ist und was nicht, bleibt Ihnen überlassen.

Zum Mittagessen müssen Sie ins *Funzipa* gehen. Der Weg dorthin ist mit Souvenirgeschäften gespickt. Wie üblich ist alles speziell für den Tourismus gemacht, aber warum sollten Sie nicht etwas Typisches erwerben, unabhängig davon ob es alt ist oder nicht. *Molas, ruanas, mochilas* sind Artikel, die man in die engere Wahl ziehen sollte. Falls Sie jetzt nicht wissen, was Sie unter diesen Namen zu verstehen haben: Wenn Sie dort sein werden, dann sehen Sie es schon.

Wie gesagt, der Weg ins Paradies ist mit Verführungen gepflastert. Und eine davon ist das *Funzipa*. Womit ich das Essen dort meine.

Eine alte Salzsiederei hat man in ein einmaliges Restaurant verwandelt. Am Eingang stehen noch die alten Siedekessel, in denen man die Sole aus den Ausschwemmtanks eindampfte. Heute dampft in ihnen auch noch Sole, in der man jetzt aber die Pellkartoffeln kocht. Bestehen Sie darauf, diese Kartoffeln zu bekommen, und probieren Sie sie einfach mit dem hausgemachten *ají*, einer scharfen Sauce. Köstlich!

Das Restaurant FUNZIPA, ehemals eine Salzsiederei

22

Am Eingang des FUNZIPA befinden sich diese alten Siedekessel, in denen heute die Kartoffeln gekocht werden, die eine Köstlichkeit sind!

Was immer Sie hier essen schmeckt unvergesslich. Das Steak, der Fisch, aber noch besser der gebackene Schweinebauch – hier in diesem Ambiente schmeckt einfach alles. Setzen Sie sich in die Mitte, wo das Hauptdach am höchsten ist. Die beiden Seitendächer sind niedriger und erlauben nicht den kompletten Überblick. Die Pfeiler – aus Ziegel gemauert – sind mit einer dicken Salzkruste überzogen. Und im Hintergrund ziehen die Schwaden der Siedekessel vorbei. Es ist traumhaft.

Übrigens, der gebackene Schweinebauch heißt *sobrebarriga frita*, dazu sind Siedekartoffeln und *ají* ein Muß. Außerdem sollten Sie einen guten chilenischen Wein dazu nicht vergessen. Zur Verdauung ist ein *aguardiente* zu empfehlen.

Alkoholpromille? Keine Sorge, so lange Sie fahren können, interessiert das niemanden. So, jetzt müssen Sie nur noch heil nach Bogotá zurückkommen. Das sollte jedoch kein Problem sein. Eines aber versichere ich Ihnen: Sie haben einen der schönsten Ausflüge in der näheren Umgebung Bogotás absolviert.

Wenn Sie bis hierher gelesen haben, bleiben Ihnen jetzt zwei

23

Möglichkeiten: Entweder Sie lassen sich diese Geschichte noch einmal genüsslich auf der Zunge zergehen – vielleicht bei einem guten Fläschchen chilenischen Weines – oder aber Sie fahren selbst dorthin und überprüfen meine Angaben. Sie haben die Wahl.

Gefäß für Kalk (poporo) des QUIMBAYA-Stammes,
der auch der archäologischen Zone seinen Namen gab

Der *Gringo*

Auf dem südamerikanischen Kontinent bin ich ein *gringo*. Das ist so etwas Ähnliches wie für den Hamburger ein »Quietsche«, also ein Nichteinheimischer.

Die Bezeichnung *gringo* soll – einer Deutung nach – aus dem amerikanischen »*green-go*« abgeleitet sein, das heißt, die amerikanischen Soldaten in ihren grünen Uniformen sollten abhauen.

Natürlich haben die verschiedenen südamerikanischen Länder auch andere, spezifischere Worte für die Nichteinheimischen. Aber das Wort *gringo* ist doch ganz allgemein bekannt und wird in fast allen Ländern benutzt.

Wenn man mich mit dem Zusatz *gringo* bedachte, sei es in der Form: »Für einen *gringo* sprechen Sie aber gut spanisch« oder als Frage »Sind Sie ein *gringo*?«, dann habe ich mich immer beeilt festzustellen, daß ich zwar ein *gringo* sei, aber eben ein *gringo alemán*.

Ein Deutscher zu sein verbesserte augenblicklich meine Situation, wurde aber oft mit einem unverbesserlichen »Heil Hitler« quittiert. Das war nicht böse gemeint. Man wollte damit nur zum Ausdruck bringen, daß man wisse, wer und was Deutschland ist.

Abgesehen von einem kleinen Geschichtsunterricht über das Dritte Reich, den ich dann den jeweiligen Einheimischen verpaßte, stieg ihre Hochachtung vor mir bei den Worten *gringo alemán* doch ganz beachtlich.

Schlußendlich war ich ganz froh, ein *gringo alemán* zu sein. Ausländer ist eben doch nicht gleich Ausländer. Übrigens, den Satz »Ausländer raus« habe ich in 30 Jahren Südamerika-Aufenthalt nie gehört! Oder vielleicht doch nur überhört?

Kleine Votivstatue des MUSICA-Stammes,
der im Hochland um Bogotá und Tunja lebte

Ein Freund oder *El amigo*

F reund« ist ja nun wirklich ein sehr dehnbarer Begriff. Sollten Sie ein wenig mit dem Spanischen vertraut sein, werden Sie beim Titel schon gemerkt haben, daß *el* nicht »ein« bedeutet, sondern »der« heißt. Ich habe aber die Übersetzung ganz gezielt so gewählt.

Als ich einmal mit meinem *amigo íntimo*, also meinem Busenfreund, über die Dörfer zog, um irgendein Stück Land zu kaufen – dort heißt das *finca* – stellten wir uns beim *alcalde*, dem Bürgermeister, vor.

Auch wenn Bürgermeister sehr beschäftigte Leute sind: Für Klienten, die sich in ihrer Gemeinde niederlassen wollen, haben sie immer Zeit. Na ja, und dann schaut meistens ja auch noch eine kleine Provision für sie dabei heraus.

Um ungestört reden zu können, geht man zusammen einen Kaffee trinken, zu dem wir natürlich einladen. Zunächst beschnüffelt man sich. Jeder stellt sich ins rechte Licht, zählt auf, wen man alles kennt. Wenn man es weit genug treibt, hat man schlußendlich gemeinsame Freunde.

Kommt jetzt ein Freund meines *amigo íntimo* in das Lokal und begrüßt *Hernando* – so heißt mein Freund –, so stellt dieser den Bürgermeister mit *mi amigo, el alcalde*, vor. So schnell geht das hier mit der »Freundschaft«.

Sie haben sicherlich schon bemerkt, daß es feine Abstufungen in der Bezeichnung »Freund« gibt. Wenn es ein guter Freund ist, dann bezeichnet man ihn mit *muy amigo*. Ist es ein noch besserer Freund, mit *amigo íntimo*, und ist es gar ein richtiger Freund, mit *hermano*, was eigentlich Bruder heißt.

Tja, es ist nicht immer leicht, da die richtige Bezeichnung zu finden. Auf jeden Fall liegt man nicht verkehrt, jemanden, mit dem man schon einige Worte gewechselt hat, mit *amigo* zu titulieren. Das Wort »mein Bekannter« gibt es im

Spanischen nicht. Es hört sich auch im Deutschen nicht gerade großartig an.

Vielleicht sollten wir die Bezeichnung *amigo* einführen?

Votivstatue der QUIMBAYA

Der unendliche Flug

Pereira, 10. Mai 1974. An sich kein besonderes Datum. Übrigens, wissen Sie, wo Pereira liegt? In Kolumbien? Oh, das ist schon sehr gut. Es ist die Hauptstadt des Departements Risaralda. Und täglich um 20 Uhr geht eine Maschine der Avianca, der kolumbianischen Luftfahrtgesellschaft, nach Bogotá. Routinesache.

Ich kam aus dem *Valle de Cauca* – Tal des Caucaflußes, einem Nebenfluß des großen Magdalena –, wo ich ein paar Tage zu tun gehabt hatte.

In dem Ort Tuluá, genauer gesagt in San Pedro, gibt es eine Zigarrenfabrik, in der gute und preiswerte Zigarren noch mit der Hand hergestellt werden. Also, der Ausdruck Fabrik ist für deutsche Verhältnisse ein wenig zu hoch gegriffen, aber es war ein Zwischending zwischen Heimwerken und Industrie. Ernte, Trocknung und Beizung der Tabakblätter ..., dieses Thema überschlagen wir schnell. Auch wie der Tabak ansonsten verarbeitet wurde, zeigte man uns nicht bei unserem kurzen Besuch. Aber eines blieb mir in Erinnerung: Die besten Blätter wurden für das Deckblatt benutzt.

Die Fabrik bestand im Wesentlichen aus einem *galpón*, also einer niedrigen Halle, mit Jalousien statt Fenstern wegen der besseren Durchlüftung in diesem warmen Klima. Die Frauen bekamen den geschnittenen Tabak über ein Laufband zugeführt. Die Deckblätter entnahmen sie vorsichtig aus Kisten neben sich. Mit einer Fertigkeit, die Sie und ich so schnell nicht lernen würden, entstand aus dem grob gehackten Tabak eine Wurst, um die sorgfältig etwas schräg ein weiches Blatt gewickelt wurde. Am Ende glitt ein Finger kurz in eine weiße breiige Masse, Kleister, wie mir schien. Und schon war eine wohlgeformte Zigarre entstanden. Das überstehende Deckblatt wurde abgeschnitten und die Zigarre zum Weitertransport zur Verpackung auf das Ablaufband gelegt.

Das wollte ich eigentlich nicht so im Detail berichten, aber es gehört zur folgenden Geschichte.

Pünktlich wurde unser Flug nach Bogotá aufgerufen. Man verabschiedete sich von seinen Gastgebern bzw. Geschäftspartnern und machte es sich in der Boeing 737 bequem. 35 Minuten Flugzeit, was war das schon.

Wir erreichten schon bald die Sabana de Bogotá. Das Land kam einem entgegen, da sich die Flughöhe ziemlich drastisch um 2.600 Meter – der Höhe Bogotás – verringerte. Man sah die immensen Lichterfelder der Blumentreibhäuser.

Nacht? Ich vergaß zu erwähnen, daß in den Tropen Tag- und Nachtgleiche herrschen. Es wird also um 6 Uhr hell und um 18 Uhr dunkel. Mit ganz geringen Schwankungen.

Das Klima von Bogotá eignet sich hervorragend für Blumen. Und sollten Sie Nelken oder Astern in Deutschland kaufen, so stammen sie mit hoher Wahrscheinlichkeit aus Kolumbien. Blumenexport kommt als Devisenbringer gleich nach dem Kaffee.

Die Ansage zur Landung war irgendwie komisch und unverständlich, zumal ich in einen Halbschlaf versunken war. Es war aber die Stimme, die der Stewardeß versagte. Erst die zweite Ansage war klar und ließ uns alle hochschrecken: »Bitte bewahren Sie Ruhe. Das Flugzeug ist entführt worden.«

Bevor ich noch richtig begriff, landeten wir auch schon in Bogotá. Der Kapitän hatte wahrscheinlich Order, uns irgendwo weit weg vom Terminal zu parken. Und da standen wir nun.

Natürlich wußte keiner, was los war. Als es dann hieß, Frauen, Kinder und alte Menschen sollten das Flugzeug verlassen, schrieb ich schnell eine Notiz für meine Frau, die auf dem Flugplatz auf mich wartete. Irgendjemandem drückte ich den Zettel in die Hand, damit meine Frau erfuhr, daß ich an Bord war und es mir gut ging. Etwas Besseres fiel mir in diesem Moment nicht ein!

Für die restlichen 80 Passagiere war jetzt Warten angesagt. Aber warten auf was? Nach etwa zwei Stunden und dem

Auftanken der Maschine kam die Erlösung: »Wir fliegen nach Kuba.«

Das hatte ich auch erwartet, waren doch Entführungen nach Kuba zu diesem Zeitpunkt gang und gäbe, und viele meiner Bekannten hatten es schon mitgemacht. Also war ich nicht traurig, zu diesem elitären Kreis der Entführten gehören zu dürfen.

In Kuba bekam man, so berichteten die Erfahrenen, ein paar Kuba-Dollars – die richtige Bezeichnung wäre allerdings Peso – in die Hand gedrückt, damit man sich während der »Quarantäne« etwas zum Essen kaufen konnte. Aber zugleich sagten sie, daß die Händler diese nicht annähmen. US-Dollars seien alles, was zähle.

Aber wem erzähle ich das? Sie wissen sicherlich, daß in ganz Südamerika der US-Dollar die Leitwährung ist, und deshalb hatte ich auch immer eine Barreserve dabei. Aber die Entführer waren natürlich gewitzt, und bevor sie das Flugzeug verließen, filzten sie die Passagiere. So hatte man mir zumindest berichtet. Dem wollte ich vorbeugen. Der rechte Schuh war schnell ausgezogen und die Dollarnoten darin verstaut. Um die kolumbianischen Pesos war es ja eigentlich auch schade, also in den linken Schuh damit.

Unser Flug dauerte nur eine Stunde, dann landeten wir in Cali, der Hauptstadt des Departements Cauca. Nichts mit Kuba! Der Kapitän hatte eine so lang gezogene Kurve geflogen, daß wir Passagiere davon gar nichts gemerkt hatten. Wohl, um uns nicht zu beunruhigen.

Ja, was nun? Wir müßten hier warten. Es seien Lösegeldforderungen gestellt worden, und die Regierung bemühe sich, diese zu erfüllen, hieß es.

Schade, ich wäre doch so gern nach Kuba geflogen.

Bei 25 Grad nächtlicher Außentemperatur und der entsprechend höheren Innentemperatur können Sie sich sicherlich vorstellen, daß da der Spaß schnell aufhörte. Es war inzwischen Mitternacht geworden. Es gab nichts zu essen und das Trinkwasser wurde knapp. Dann kam jemand auf die glorreiche Idee, ein paar Schachteln Zigaretten ins Flugzeug zu reichen. Sie wurden auf einem Tablett angeboten mit der Aufforderung:»Bitte nehmen Sie nur eine.«

In diesem Augenblick wurde ich um sieben Jahre zurückgeworfen. Wissen Sie, was es für einen Zigarettenraucher heißt, sieben Jahre nicht geraucht zu haben? Sie sind praktisch Nichtraucher geworden. Aber diese Situation der Lebensgefahr – oder auch nicht – hat mich wieder zur Zigarette greifen lassen. Ich glaube, so erging es der Mehrzahl an Bord.

Die paar Zigaretten hielten nicht lange vor, aber … jetzt kam mein großer Moment. Ich hatte ja meine guten San Pedro Zigarren im Handgepäck. In so einem Moment teilt man einfach alles, unter Umständen sogar den Tod.

Gegen Morgen wurden uns als Frühstück ein paar klägliche Sandwiches gereicht. Die Frage, ob es am Geld oder an den Luftpiraten lag, beschäftigt mich heute noch.

Die Ungewißheit wurde in den Morgenstunden mit der Mitteilung beendet:»Wir fliegen weiter.« Das Wohin stellte sich erst beim Landen heraus: Wir waren wieder in Pereira, dort, wo wir am Abend vorher abgeflogen waren.

Ein fürchterliches Rütteln begleitete unsere Landung. Nun ja, die Piste in Pereira ist extrem kurz, aber so ein hektisches Bremsmanöver hatte ich noch nicht erlebt. Die Bremsen seien defekt, hieß es vom Kapitän.

Ein Monteur kam dann auch mit einem Motorroller auf die Startbahn gefahren, stellte seine Vespa in Flügelhöhe ab und – jetzt konnte ich mich eines Grinsens nicht erwehren – schloß tatsächlich seinen Roller ab, als ob er ihm jeden Augenblick gestohlen werden könnte.

Die Kontrolle der Bremsen ergab natürlich keinen Fehler. Das war auch nicht zu erwarten, es war wohl mehr ein gut gedachtes Manöver des Kapitäns gewesen.

Nach einer Stunde ging es weiter, und um zehn Uhr morgens waren wir wieder in Bogotá. Wie schön. Aber wir waren immer noch Gefangene.

Der Kapitän ließ sich immer wieder blicken und beruhigte uns mit der Aussage, daß die Regierung dabei sei, das Geld zu beschaffen. Wir hatten ja Verständnis dafür, daß Millionen Pesos in kleinen Scheinen nicht so einfach aufzutreiben waren. Nur, in den Radiosendern wurde immer wieder verbreitet, daß eben diese Regierung gar nicht daran denke, nachzugeben. Aber das wußten wir an Bord Gott sei Dank nicht.

Die Ungewißheit war auf der Seite meiner Frau, die schon am Abend zuvor auf mich gewartet hatte und bei unserer Ankunft in Bogotá gleich wieder zum Flugplatz geeilt war.

Indessen waren wir an Bord relativ gelassen und folgten dem Argument unseres Kapitäns: »Was ist schon ein Sack Papier gegen Menschenleben.« Das erschien uns in diesem Moment das Logischste.

Im Laufe der Zeit kannten wir auch unsere drei Kidnapper etwas besser. Noch heute bin ich froh, daß es keine Extremisten waren, sondern nur »normale« Verbrecher, die auf der Entführungswelle mitschwimmen wollten.

Der Anführer hatte einen Revolver. Der sah nicht nur echt aus, er war es auch, wie sich später herausstellte. Einer hatte eine undefinierbare Masse in der Hand, aus der zwei Kabel herausragten. Auf dem einen Kabel konnte ich ein Etikett mit der Aufschrift »10 seconds delay« entziffern. Es war wohl eine Bombe, für deren Zündung er in der anderen Hand eine Batterie trug. Der Dritte war mit einem Messer bewaffnet.

Als uns am Morgen das Wasser ausging und überall Durst herrschte, rief einer der Passagiere dem Dritten zu: »Reich mir mal dein Messer, damit ich die beiden Ananas hier schälen und zerteilen kann.«

Die Antwort hatte ich so nicht erwartet: »Gib mir die Ananas her, ich schäle sie«, sagte der Kidnapper.

Das ermutigte uns und schaffte so etwas wie Vertrauen zu ihm. Ich erinnere mich noch, wie ich auf seiner Sitzlehne saß und wir alle ihn anmachten, uns doch nicht um die Kubareise zu bringen. Das strikte Kommando: »Keiner bewegt sich von seinem Platz« galt schon lange nicht mehr, und wir konnten uns relativ frei bewegen. Nur achteten sie ganz genau darauf, daß wir nicht zusammenstanden und miteinander redeten. Es ist ja inzwischen erwiesen, daß sich zwischen Entführten und Entführern eine Art Schicksalsgemeinschaft bildet, die irgendwie auch ein Zusammengehörigkeitsgefühl hervorruft.

Irgendwann wurde die Situation wieder ernst:»Um 13 Uhr ist das Ultimatum der Geldübergabe, sonst sprengen wir alles in die Luft.«

13 Uhr verstrich und das Ultimatum wurde auf 14 Uhr verschoben.

Ich war eingenickt und wurde erst wach, als ein heftiger Streit zwischen dem Kapitän und dem Anführer entbrannte. Der Pilot sagte:»Ich gehe jetzt raus.«

Worauf der andere entgegnete:»Dann erschieße ich Sie.«

Was war passiert? In der Zwischenzeit hatten die Luftpiraten wohl eingesehen, daß kein Geld zu bekommen war, und wollten nun wirklich nach Kuba, aber da spielte die Besatzung nicht mehr mit. Sie seien nicht mehr flugfähig nach einer durchwachten Nacht, und erst müsse die Besatzung ausgewechselt werden, bevor wir nach Kuba fliegen könnten.

Wie gesagt, ich wurde nur gewahr, daß der Kapitän mit enormer Courage die Gangway zum hinteren Ausgang ging, die Pistole immer fest in seinem Rücken. Aber es fiel kein Schuß.

Der neue Kapitän beschwichtigte als Erstes uns Passagiere, daß alles friedlich ablaufen würde. Der Nächste, der von Bord ging, war der Ingenieur. Ein neuer kam. Und schon fing der Ärger an! Das Bordbuch warf er auf den letzten Sitz, hob die Hände und sagte:»Nun untersucht mich schon, ich habe keine Waffe.«

Der Entführer mit der Pistole machte einen Schritt auf ihn zu, und bevor er und wir wußten, was geschah, war er überwältigt.

Zeitgleich flogen die vier Notfenster auf. Die Leute, die dort saßen, wußten scheinbar mehr als wir anderen und der »Run« auf die Fenster ging los. Ich saß zwar nur zwei Reihen vom Fenster entfernt, aber es war utopisch, es erreichen zu wollen. Es ist ja schon schlimm genug, wenn, kaum daß ein

Flieger gelandet ist, alle Passagiere aufspringen, um ihr Gepäck von oben herauszuholen, nur um dann zehn Minuten im Stehen zu warten. Das kennen Sie doch sicherlich. Also können Sie auch nachvollziehen, was eine Panik aus dieser Situation macht.

Mein junger Assistent, der mich begleitete, zog mich auch gleich wieder in meinen Sitz zurück mit den Worten: »Wollen Sie sich eine Kugel einfangen?«

Wirklich. Geschossen wurde wie wild. Ich weiß heute immer noch nicht, wer auf wen geschossen hat. Ich duckte mich also in meinen Sitz und so machten es auch die anderen. Doch da schoß mir diese Aufschrift durch den Kopf: »10 seconds delay«. Ich wieder hoch. War doch schlußendlich egal, wovon man hopsging.

Im zweiten Run war ich der Erste am Fenster, da sich wohl alle mehr vor einer Kugel als vor einer Bombe fürchteten. Ich kam zwar gut mit dem ersten Bein, dem Kopf und dem Oberkörper hinaus. Aber auf meinem anderen Bein saßen schon zwei andere, die auch raus wollten. Also, Bein anfassen und Hauruck. Daß dabei das ganze Schienbein aufgeschrammt wurde, stellte sich erst später heraus.

Auf dem Flügel war mein einziger Gedanke, daß ich jetzt auf einer extra Bombe stand, nämlich der Ladung Treibstoff. Ich kann heute verstehen, daß jemand aus dem zehnten Stockwerk springt, wenn ihm keine andere Lösung mehr möglich scheint. Zudem wurde wie wild geschossen, und einen Moment fragte ich mich, ob das wohl mir galt.

Ich machte also einen Schritt seitwärts, und schon kam mir der Boden entgegen. Ich wollte jetzt meine schnellsten 100 Meter laufen, aber denkste. Meine Schuhe schlappten derartig, daß ich Mühe hatte, sie nicht zu verlieren. Schlagartig fielen mir die Geldscheine ein, die darin natürlich gut aufeinander rutschten.

Irgendwie erreichte ich trotzdem den ersten Graben, der die Flugbahnen voneinander trennte, und wollte dort in Deckung gehen. Halb voll Wasser bot er ja nicht viel Schutz, aber es reichte zum Verschnaufen.

In diesem Augenblick sah ich meinen Assistenten aus dem Fenster klettern. Statt jedoch gleich zu springen, lief er erst einmal zum Ende des Flügels, nur um festzustellen, daß es immer höher wurde. Im Nachhinein muß ich feststellen, daß bei der Boeing 737 die Tragflächen am Rumpf nur knapp drei Meter hoch sind und also gar kein so großes Risiko beim Springen bestanden hatte.

Die Distanz zum Flieger reichte mir aber immer noch nicht aus, und ich fing an weiterzulaufen, durch alle Polizeikordons hindurch. Ich war nicht aufzuhalten, bis der Zaun um den Flughafen mich bremste.

Ich werde oft gefragt, wie lange das alles gedauert hat, aber das kann ich wirklich nicht sagen. Der Adrenalinstoß war so groß, daß alles hätte passieren können und ich wahrscheinlich noch nicht einmal Schmerzen verspürt hätte. Der ganze Zeitrahmen war verwischt. In diesem Moment war man nur aufs Überleben programmiert.

Als klar war, daß das Flugzeug nicht gesprengt worden war und auch nicht mehr gesprengt würde, beruhigten wir uns dort draußen auf dem Flugfeld. Alsbald kam auch ein Versorgungswagen der Avianca und sammelte uns ein. Wir waren immerhin so an die 15 Personen, die so weit gerannt waren. Als Letzter wollte ein Fremder mit auf die Ladeplattform, aber wir stießen ihn immer wieder hinunter. Von Fremden hatten wir im Moment genug.

Erst als der Fremde sagte: »Ich bin der Vizepräsident der Avianca und ohne mich fährt der Wagen nicht ab«, ließen wir ihn zusteigen.

Das erwies sich als ein großer Vorteil. Wir kamen nämlich ins Bürogebäude der Avianca, das etwas abseits des Flugplatzgebäudes lag, und vermieden so den ganzen Rummel mit der Presse.

Man bewirtete uns mit Whisky, wie das so üblich ist in Südamerika, aber kaum daß ich einen kleinen Schluck genommen hatte, mußte ich mich auf den Boden setzen. Ich wurde fast ohnmächtig. Der Blutdruck sackte weg. Jetzt kam die Reaktion.

In der Zwischenzeit war meine Frau nervös geworden, weil ich nicht erschien. Man konnte ihr aber versichern, daß es nur einen Toten gegeben habe. Das sei der Anführer der Luftpiraten gewesen. Also mußten wir uns wohl verpaßt haben. Zu Hause trafen wir uns dann wohlbehalten wieder. Sie sind natürlich gespannt darauf, warum wir so glimpflich davongekommen sind?

Der Anführer mit dem Revolver wurde von dem Bordingenieur erschossen. Das Bordbuch war hohl und eine Pistole hatte darin gelegen. Nachdem er dem Anführer im ersten Angriff die Pistole aus der Hand geschlagen hatte, erschoß er ihn. Zeitgleich überwältigten die Kapitäne in der Kanzel den Piraten mit der Bombe, ohne daß diese gezündet werden konnte. Und der mit dem Messer versuchte eine Flucht, als ob er ein Passagier sei, was ihm jedoch nicht gelang. Die Austauschcrew bestand übrigens aus Freiwilligen der Avianca und es waren – so wurde berichtet – »Karatemeister«!

An jenem Sonnabend hatten wir eine große Party geplant, die meine Frau natürlich inzwischen abgesagt hatte. Wegen des guten Ausganges und der vorbereiteten Speisen beschlossen wir aber kurzfristig, sie am Sonntag doch noch stattfinden zu lassen. Mein Assistent, der im Hinterland wohnte, blieb bei uns zu Hause, und so bewahrheitete sich seine Prophezeiung aus dem Flugzeug:»Juan Luis, wenn wir hier heil rauskommen, dann haben wir etwas zu erzählen.«

Auf der Party waren wir natürlich der Mittelpunkt. Er erzählte unsere Geschichte auf Deutsch, ich auf Spanisch.

Lange Jahre habe ich daraufhin den 11. Mai als meinen eigentlichen Geburtstag gefeiert. Aber dieses Trauma habe ich Gott sei Dank inzwischen überwunden.

Übrigens, die Wahrscheinlichkeit, daß sich eine Bombe an Bord eines Flugzeuges befindet, ist statistisch gesehen eins zu 100 Millionen. Die Wahrscheinlichkeit, daß zwei Bomben gleichzeitig an Bord sind, ist geradezu unendlich. Seitdem habe ich immer eine Bombe in meinem Gepäck!

*Der Stockknauf in Form eines Vogelkopfes der Indios,
die in der Region des Río Sinú lebten.
Diese archäologische Zone heißt danach ganz einfach SINÚ*

Die Schlange oder *La cola*

M it Reptilien hat diese Geschichte nichts zu tun. Auch nicht mit der berühmten Schlange, die sich in England an Bushaltestellen bildet. Denn in Kolumbien gibt es nicht einmal Haltestellen für Busse, geschweige denn Schlangen an Bushaltestellen.

Aber es gibt sie doch. Nämlich in Ämtern und an offiziellen Schaltern. Das ist jedoch so eine Sache mit dieser »Schlange«.

»Wieso?«, fragen Sie sicherlich.

Na ja, man kann nie wissen, wie lang sie ist.

»Wieso denn nicht?«, fragte mich mein Freund, ein frisch importierter *gringo*.

»Na, wegen der Unsichtbaren!«

»Welche Unsichtbaren?«

»Du wirst schon sehen«, sagte ich zu ihm, als wir vor dem Bankschalter standen.

Und schon kam ein neuer Kunde in die Bank. Mit großem Hallo begrüßte er seinen *amigo* vor mir. Wie es denn seiner Frau gehe und den Kindern und seiner Gesundheit überhaupt? Der *amigo* (erinnern Sie sich an das entsprechende Kapitel?) kam gar nicht dazu, irgendetwas groß zu erwidern. Immer nur »ja, ja« und »prima« und »danke«. Der eigentliche Sinn dieses ganzen Palavers war ja auch nicht, zu erfahren, wie es denn um die Gesundheit des Gegenübers und seiner Familie bestellt sei. In Wirklichkeit kam der Kunde ja in die Bank, um dort selbst eine Überweisung zu tätigen. Aber eben jener Freund nahm ihm diese Aufgabe ab. Wozu hat man denn Freunde?

Schließlich verabschiedete er sich mit der Entschuldigung, daß er es ganz eilig hätte und weg müsse. Nach dem bekannten Muster: *Imagínese, lo que me pasó.*

Ich wurde erst ein wenig skeptisch, als sich die Schlange

vor uns überhaupt nicht verringern wollte und immer noch die gleichen Leute vor uns standen. Der Verkehr in der Bank war sehr rege, aber wieso kam diese Schlange eigentlich nur so langsam voran?

Tja, bis ich auf den Dreh kam, daß eben alle *amigos* hatten. Nur wir beide nicht. Jeder, der vor uns stand, hatte also mit der Zeit eine Unmenge von Einzahlungsscheinen, Überweisungen oder sonstigen Bankangelegenheiten angesammelt, so daß jeder Kunde am Schalter eine Ewigkeit brauchte, um abgefertigt zu werden. Nun gut, um der Wahrheit gerecht zu werden: eine kleine Ewigkeit.

Die Sache änderte sich für mich, als bei einem weiteren Besuch in der Bank jemand vorn in der Schlange ganz begeistert ausrief: »*Ola*, Juan, wie geht es dir?«

Das war meine Sekretärin, die ich schon eine ganze Weile vermißt hatte. Damit wollte sie wohl die verlorene Arbeitszeit wieder gutmachen. Als ich nicht recht wußte, was ich mit dieser im Büro unüblichen Begrüßung anfangen sollte, zischte sie:»Geben Sie mir Ihre Einzahlungsscheine, aber so, daß es keiner sieht!«

Und von diesem Tag an gehörte ich zu denen, die auf der Sonnenseite des Lebens standen. Denn auch ich hatte ja *amigos*!

Eine Schlange schreckt mich schon lange nicht mehr. Viel wichtiger ist es, den Freund in ihr ausfindig zu machen. Ganz gemäß dem alten spanischen Sprichwort: »*Más vale amigo que plata!*« Der Freund ist das was zählt. Und nicht das Geld!

Anhänger der TAIRONA

Ají casero

Es ist Ihnen sicherlich schon aufgefallen, daß ich, wenn ich aufs Essen zu sprechen komme, immer wieder vom *ají casero* schwärme.

Ají, das ist eine Bezeichnung für die ganz scharfen Chilischoten. Andere Bezeichnungen sind *chili* (Mexiko) oder *rocoto* (Peru). *Casero* bedeutet soviel wie »nach Art des Hauses«. Es handelt sich also um eine hausgemachte scharfe Sauce. Das Spezielle an dieser Sauce ist aber nicht so sehr ihre Schärfe, sondern ihr Geschmack.

Sie brauchen dazu Lauch- oder Frühlingszwiebeln, Tomaten und *cilantro*, das grüne Kraut des Korianders. Letzterer ist in unserer Küche nicht sehr bekannt, aber man bekommt ihn schon häufiger auf Märkten und in Asia-Geschäften. Koriandersamen sind kein Ersatz. Auch läßt sich Koriander nicht trocknen, da er dann alles Aroma verliert. Aber zum Einfrieren eignet er sich. Zwar geht dabei seine Struktur verloren und er wirkt in der Sauce schwarz und matschig, aber der Geschmack ist da. Sie sehen also schon, es geht nichts über »frischen« Koriander.

Die Lauchzwiebeln werden in feine Röllchen geschnitten, die Tomaten entkernt und das Fleisch klein gewürfelt. Der Koriander wird fein gehackt, wie Petersilie. Von den Lauchzwiebeln nehmen Sie zehn Teile, von den Tomaten fünf Teile – also halb so viel wie von den Lauchzwiebeln – und vom Koriander einen Teil.

Dazu geben Sie reichlich kaltes Wasser, so daß die Kräuter gut schwimmen. Kräftig salzen – die Sauce soll salzig schmecken –, wobei Sie auch »Maggi Würze« und »Fondor« verwenden sollten. Zum Schluß einen kleinen Schuß Sherryessig dazugeben, genügend, um den rein salzigen Geschmack zu brechen, ohne daß die Sauce sauer schmeckt. Jetzt schärfen Sie mit *chili* nach Ihrem Geschmack. Die Chilischoten zerreiben Sie bitte im Mörser, oder Sie machen es sich leichter und benutzen gemahlenen Cayennepfeffer.

Das Ganze sollten Sie ein bis zwei Stunden durchziehen lassen, noch einmal abschmecken und wenn nötig nachwürzen. Jetzt ist die Sauce servierbereit.

Wozu wird sie serviert? Zu allen kurz gebratenen Fleischarten, zu Gegrilltem, zu Suppen und Eintöpfen, zu Fleischfondue und Ähnlichem.

Bei mir gibt es kein Essen vom Grill, zu dem ich nicht *ají casero* serviere, und es ist egal, wie viel Sauce ich mache, sie reicht nie. Und jedes Mal nehme ich mir vor, sie das nächste Mal schärfer zu machen, damit weniger davon gegessen wird. Aber sie wird immer alle.

Na, wollen Sie es einmal versuchen?

Dann guten Appetit!

Brustplatte (pectoral) aus der archäologischen Zone TOLIMA

Unsere Reise in die *Llanos*

Die *Llanos*, dieses flache, aber leicht in sich gewellte Land im Südosten Kolumbiens, hat eine unendlich große Fläche, die fast die Hälfte Kolumbiens ausmacht. Große Flüsse wie der Río Meta, Guaviare und der Caquetá durchziehen diese Landschaft und rufen auch immer wieder ausgedehnte Überschwemmungen hervor.

Gebildet werden die *Llanos Orientales*, wie dieses Gebiet in Kolumbien heißt, von ca. sechs *intendencias* und *comisarías*, also Verwaltungsgebieten, da die Einwohnerzahl unter einer Person pro Quadratkilometer liegt. Ackerbau wird so gut wie nicht betrieben, was wahrscheinlich zum einen an den Distanzen und der fehlenden Arbeitskraft liegt, zum anderen aber auch an den kargen Böden. Es wird reine Viehzucht betrieben.

Und diese »Einöde« wollten wir kennen lernen. Was bot sich da besser an, als einen Freund zu begleiten, der irgendwo in dieser verlorenen Weite eine riesengroße *finca* besaß. Wie groß sie wirklich war, weiß ich auch heute noch nicht. Auf jeden Fall riesig.

Der Januar – der Anfang der Trockenzeit – war ein günstiger Monat. Einen Jeep besaßen wir auch. Also ideale Voraussetzungen für so ein Unternehmen. Dann kann es ja losgehen, dachten wir Unwissenden.

Aber zuerst einmal mußte ein *camión* klargemacht werden. Wie anders als mit einem Lastwagen konnten wir Salz, Düngemittel, Nahrungsmittel, Trinkwasser, Desinfektionsmittel, Spritzen für die Tiere usw. usw. mitnehmen? Natürlich durften auch einige Fässer Benzin nicht fehlen. Tankstellen gab es ja keine in dieser Einöde.

»Also, wir fahren morgen in zwei Etappen«, sagte mein Freund schließlich. »Am ersten Tag bis San Martín am Beginn der eigentlichen *Llanos*. Dort habe ich auch eine *finca*.

Wir müssen da auch noch etwas zuladen und wir können dort gut übernachten.«

Der kleine Konvoi bestand nur aus unserem Jeep und dem Laster. Mir war es recht.

Von der Reise nach San Martín lohnt es nicht zu berichten. Die *finca* lag im Grünen, mit einem schönen Gästehaus, wo wir uns bei einem abendlichen Rum-Cola erholten. Am nächsten Morgen sollte es dann um fünf Uhr losgehen.

Zunächst gab es noch Straßen, anfänglich sogar mit Resten von Asphalt, dann nur noch aus Schlaglöchern bestehend. Und dann hörten auch diese Erdstraßen auf und man folgte eingefahrenen Wagenspuren. Ab und zu trennten sie

Unser kleiner Konvoi bei der Rast. Den Zustand dieser Straße kann man fast mit Autobahn bezeichnen.

sich und ich wunderte mich jedes Mal, wie zielsicher mein Freund die richtige Spur auswählte. Daran, daß er sich irren könnte, dachte ich nie. Aber auch diese Spuren wurden im Laufe des Nachmittags dünner, und nur mit Mühe war noch irgendetwas Spurähnliches im jetzt mit Gras bewachsenen Untergrund zu erkennen.

Bei einem unserer Stops mußten wir alle herzlich über unsere Kinder lachen. Wunderschön gebräunte Gesichter schauten uns an ..., aber es war nur millimeterdicker Staub, von Furchen durchzogen, die der Schweiß hinterlassen hatte.

»Glaubt ihr, daß ihr anders ausseht?«, war ihre Antwort.

Tatsächlich!

Nun wurden erst einmal die Kameras gezückt und die »Landstreicher« im Bild festgehalten. Uns hatte es ja wesentlich mehr getroffen, da wir als zweiter Wagen hinter dem Laster her fuhren.

Kam ein einzelner Reiter entgegen, wurde er freundlich gegrüßt und man fragte sich gegenseitig: »Wohin des Weges?« So stellten wir nebenbei auch fest, ob wir noch in die richtige Richtung unterwegs waren.

Kurz vor der Dunkelheit – und nach zwölf Stunden Jeepgerüttel – erreichten wir unser Ziel. Mit lautem Hallo begrüßte uns das junge Verwalterehepaar mit seiner beachtlichen Kinderschar. Die erste Frage galt dem Aspirin, da sich die junge Frau schon seit Wochen nicht gut fühlte.

Ich wußte davon nichts, aber mein Freund holte einen kleinen Sack Tabletten hervor und erklärte: »Hier ist Aspirin für alles gut. Einen Arzt gibt es erst wieder in San Martín.« Das war auf Deutsch gesagt, so daß es die anderen nicht verstanden.

Das Haus war ein großer Bau in L-Form. An einem Ende des »L« befand sich die Küche und am anderen ein großer Raum, wohl das Schlafzimmer der Verwalter. Dazwischen war nur Dach. Im Prinzip war alles nur Dach mit einigen dünnen *Barreque*-Wänden, aus denen teilweise der Lehm schon wieder herausgefallen war. *Barreque* besteht aus ei-

So sahen wir alle aus, vom Staub »braungebrannt«.

nem Geflecht dünner Gerten und Stämme, die innen und außen mit einem Lehmgemisch verkleistert werden. Diese Konstruktion bedurfte der Ausbesserung.

Aber einen großen Komfort gab es: eine Dusche. Zwar in einiger Entfernung, etwas dichter an dem Bächlein, das hier vorbeifloß, aber immerhin! Wir benutzten sie ausgiebig. Der Bach lag so etwa zehn Meter tiefer, und ich fragte mich, wie wohl das Wasser in den Tank über der Dusche kam. Strom gab es hier nicht.

Das Zauberwort hieß *golpe de ariete*. Das ist eine mechanische Hebevorrichtung, die mit dem durchfließenden Wasser einen Kolben beaufschlagt, der wiederum einen kleineren antreibt, der jetzt aber mehr Druck erzeugen kann. Es ist verständlich, daß nur ein geringer Teil des einfließenden Wassers nach oben gepumpt wird, nämlich ungefähr fünf Prozent.

Dieses Prinzip wurde schon von den Gebrüdern Montgolfier im Jahre 1797 entwickelt, ist aber heute nur wenigen bekannt. In Deutschland gibt es meines Wissens nur noch Museumsstücke dieser Wasserhebevorrichtung unter dem Namen »Widder«. Fragen Sie mich bitte nicht, wie es im

So schliefen wir ... und in der Nacht
versammelten sich unter uns unsere tierischen Mitbewohner.

Einzelnen funktioniert. Auf jeden Fall gibt es diese Vorrichtungen in Kolumbien in jeder *caja agraria* zu kaufen, den Verkaufskiosken der Landwirtschaftsbank.

So langsam war es dunkel geworden. Ich hatte gar nicht bemerkt, daß die Anzahl der Hausbewohner beachtlich gestiegen war. Die Hühner, Enten, Schweine, Puten – alles hatte sich um das Haus versammelt. Putzig anzusehen, zumal eine Glucke und eine Sau mit ihrem Nachwuchs dabei waren.

Die mit Weißbenzin – wir würden sagen, gereinigtem Benzin – betriebenen Lampen gaben ein ausreichendes Licht, um alles betrachten zu können.

Uns zu Ehren mußten einige Hühner daran glauben, und es wurde ein *sancocho de pollo* gekocht. Diese Kartoffelsuppe mit Huhn, wie ich es nennen möchte, schmeckt herrlich, zumal mit den tropischen Gewürzen zubereitet. Dazu *ají casero*, die hausgemachte pikante Sauce.

Als Getränk machten wir uns einen Kuba-Libre. Coca-Cola hatten wir ja kistenweise aufgeladen und Rum gab es auch.

Nur das Eis fehlte. Aber was macht's – die Wirkung ist die gleiche.

So erhielten wir die notwendige Bettschwere. Zuvor aber mußten wir noch unsere Betten bauen, d.h. Hängematten aufhängen. Jetzt wußte ich auch, wozu dieser überdachte große Teil des Hauses gut war. Unsere sechs Hängematten ließen sich, ohne sich gegenseitig zu stören, leicht befestigen. Es wurde auch Zeit, denn das ganze Viehzeug wollte schon längst zur Ruhe. Es breitete sich nämlich unter uns aus, und so schliefen wir einträchtig mit Schweinen und Hühnern. In dieser Nacht wurde ich nur einmal wach, als ich Wasser rauschen hörte. Aber es war nur eine Sau unter uns, die pinkelte.

Punkt sechs Uhr wird es ja hell in den Tropen, und wo Hühner sind, ist auch ein Hahn. Und Hähne tun auch in den Tropen morgens nichts anderes als Krähen. Also, raus aus den Hängematten, die Glieder wieder in ihre richtigen Stellungen gebracht, und ab unter die Dusche. Um sieben Uhr gab's Frühstück: Eier mit Maisfladen und schwarzen Bohnen, dazu Milchkaffee. Eier von den glücklichen Hühnern, Maisfladen aus dem eigenen Rundofen, den ich später an der Außenseite der Küche entdeckte, und Milch von den Kühen – garantiert BSE-frei. Kaffee und schwarze Bohnen hatten wir ja zur Genüge mitgebracht. Womit jetzt auch dem aufmerksamen Leser klar wird, was ich zuvor mit »usw. usw.« meinte.

Am Vormittag stand ein Ausritt über die *finca* auf dem Programm. Nun, ich habe zwar nicht direkt Angst vor Pferden, aber sie sind doch arg hoch, wenn man oben sitzt. Also gab man mir und Inge zwei der ältesten Gäule. Und das war gut so, denn diejenigen, die meine Söhne bekamen, hatten schon einige Tage keinen Auslauf mehr gehabt und gingen ab wie die berühmte Feuerwehr. Und obwohl beide Söhne gut reiten konnten, saß der ältere nach 200 Metern im vollen Galopp ab. Ob heutige Probleme mit seiner Wirbelsäule daher rühren könnten, wissen wir nicht. Aber an jenem Morgen saß er sofort wieder auf und weiter ging's.

Die *Llanos Orientales* sind gefährlich. Nicht wegen wilder Tiere. Nein, man verirrt sich nur sehr leicht. Stellen Sie sich einen kleinen Talkessel vor, in dessen Senke ein kleiner Hain liegt. Sie reiten also den Hang hinauf und blicken wieder in einen kleinen Talkessel mit einem kleinen Hain in der Mitte. Und das geht endlos so weiter, bis man zum Schluß nicht mehr weiß, aus welchem Talkessel man gekommen ist und in welchen man reiten muß.

Nun, das war hier nicht unser Problem, wir hatten ja den Verwalter dabei. Diese Landschaftsform war ganz neu für mich und irgendwie unheimlich. Eben durch diese Gleichmäßigkeit des sich immer Wiederholenden.

Am Nachmittag gab es einen Noteinsatz. Ein Helfer aus einem Außencamp kam in vollem Galopp. Eine Kuh sei in ein Wasserloch eingesackt und könne sich nicht mehr allein befreien. Wir müßten mit dem *camión* kommen und sie herausziehen.

Sofort waren alle auf der Pritsche des Lastwagens und los ging es, querfeldein, immer dem Reiter nach. Wie lange wir gefahren sind, weiß ich nicht. Auf jeden Fall kam in einer Senke ein Wasserloch zum Vorschein, an dem ein zweiter Helfer wartete. Und dann sahen wir auch die Kuh. Ihr halber Leib steckte schon im Schlamm. Zunächst wurden Taue um die Hörner gewickelt und mit dem Lastwagen ein wenig angezogen. Die Kuh war schon ziemlich entkräftet und ließ alles mit sich geschehen. Dann konnten wir ein Tau um den Oberkörper legen, der ein wenig aus dem Morast freigekommen war. Und jetzt ging es mit vereinten Kräften: Der Laster zog, die Helfer schlugen auf die Kuh ein, und die selbst mobilisierte ihre letzten Kräfte, als ob sie wüßte, um was es hier ging. Und tatsächlich, sie wurde gerettet.

Da wir schon so weit in die *finca* hineingefahren waren, schlug der Verwalter vor, noch ein Stückchen weiter bis zum Guaviarefluß zu fahren. Ganz heran kamen wir aber nicht wegen der vielen Priele – ich will sie einmal so nennen –, in denen das Wasser der überschwemmten Gebiete abfloß, ähnlich wie im Wattenmeer.

Plötzlich sah ich in einem der Priele einen großen Fisch dicht unter der Wasseroberfläche schwimmen und ab und zu mit dem Kopf auftauchen wie zum Luftschnappen. Und das war es auch. Denn in diesem praktisch schon stehenden Wasser war der Sauerstoff knapp geworden. Bevor ich noch wußte, was geschah, hatten unsere kolumbianischen Begleiter schon ihre *machetes* gezückt und erschlugen einige kapitale Burschen beim Auftauchen mit ihren Buschmessern.

Also, wenn ich nicht selbst dabei gewesen wäre, würde ich das für Anglerlatein halten. Aber ich weiß jetzt, daß man auch mit der *machete* angeln kann, wenn auch nur unter ganz bestimmten Bedingungen. Das muß man ja dabei nicht erwähnen.

Canoas auf einem Nebenarm des Río Guaviare.
Das Verkehrsmittel in dieser Region schlechthin.

Abends gab es dann gegrillten Fisch mit, Sie ahnen es schon, Maisfladen und schwarzen Bohnen. Zum obligaten Kuba-Libre spielten wir Skat, und – eine Unglaublichkeit kommt selten allein – Inge hatte an diesem Abend zweimal eine aufgelegte Revolution. Von diesen zwei Dingen reden wir noch heute: mit dem Buschmesser erschlagene Fische und zwei Revolutionen fast hintereinander!

Am nächsten Tag mußte auch ein wenig gearbeitet werden. Der Verwalter hatte uns gebeten, eine Sau zu seinem Nachbarn zu fahren, der einen Eber hatte. Das Geschäftliche sei schon geregelt, meinte er. Er hätte nur noch auf eine Gelegenheit gewartet, sie hinzutransportieren. Zurück käme sie dann schon wieder irgendwie.

Die Sau zu fangen war nicht so schwer, aber sie hatte etwas dagegen, sich auf den Laster zu begeben. Zum Heben war sie zu schwer, zumal sie kräftig strampelte. Also bauten wir eine Rampe und irgendwie bugsierten wir sie dann da hinauf.

Wieder fuhren wir unheimlich lange querfeldein. Erst daran konnte ich die unermeßliche Weite dieses Gebietes erfassen.

Wir wurden mit Hallo begrüßt und mußten zum *aguardiente*, dem Feuerwasser, das Neueste aus der Hauptstadt erzählen. Nachdem sich die Verwalter noch ausgiebig über ihre Probleme und Familien unterhalten hatten, ging es heimwärts zur *finca* meines Freundes. Wie ich jetzt merkte, mußte man hier nicht ganz auf Nachrichten verzichten. Wir lebten doch immerhin schon im Zeitalter des Transistorradios. Anfang der 70er Jahre war es zwar noch ein Privileg, ein solches zu besitzen, aber hier war es kein Luxus. Für mich löste sich damit auch das Rätsel der vielen Batterien, die mein Freund Heinz mitgebracht hatte.

Ja, und mit dem zweiten Tag ging dann auch diese »Expedition« zu Ende. Am Abend nahmen wir den Aperitif vor dem Haus, und als ich mich – mit mir und der Welt zufrieden – zurücklehnte und den Nachthimmel betrachtete, da leuchteten die Sterne mit einer Intensität, wie ich sie noch nie zuvor wahrgenommen hatte. Es lag wohl an der reinen Luft ohne jegliche Verschmutzung, und an der Tatsache, daß kein Streulicht vorhanden war. Es war herrlich. Ich kann mich nicht erinnern, jemals wieder einen so eindrucksvollen Sternenhimmel gesehen zu haben.

Beim Morgengrauen fuhren wir dann los, und ich bemühte mich auf dem ganzen Weg, die Strecke auf dem Papier festzuhalten. Ich schrieb alle Hinweise auf, alle Namen, die irgendwo erschienen, um damit eine Wegekarte anzufertigen, die es auch einem Unkundigen erlauben würde, zur *finca* zu finden. Mir hatte es so gut gefallen, da wollte ich unbedingt noch einmal hin.

Unterwegs hielt uns eine *Campesino*-Familie an, also Landbewohner, und fragte, ob wir sie wohl ein Stück des Weges mitnehmen könnten.

»Na klar«, antwortete mein Freund. »Alle Mann rauf auf den Lastwagen.«

Das ließen sie sich nicht zweimal sagen. Die Bündel, die sie über ihren Schultern trugen, flogen zuerst auf den Wagen. Dann wurden die Kinder hochgehoben, und die Erwachsenen kletterten hinterher. Und weiter ging die Fahrt.

Viel Rücksicht nahm mein Freund ja nicht auf die Tatsache, daß er Personen auf der Pritsche hatte, aber das waren sie anscheinend gewohnt. Als sie aussteigen wollten, klopften sie nur auf das Dach des Führerhauses, und beim Herunterklettern fragten sie zu meiner Überraschung, was die Fahrt denn koste.

»Nichts«, antwortete mein Freund. Es hätte ihn gefreut, ihnen behilflich sein zu können.

Mit »*diós le paga*«, vergelt's Gott, bedankten sie sich, und wir setzten unsere Fahrt fort.

Die Karte habe ich dann auch tatsächlich angefertigt. Meinem Freund gefiel sie sehr gut, sie soll ihm auch noch viele nützliche Dienste erwiesen haben.

Nur ich kam nie wieder in die *Llanos*. Warum? Das hat vielleicht etwas mit dem Sprichwort von den »guten Vorsätzen« zu tun.

Gefäß für Kalk, des Stammes der QUIMBAYA,
die im Tal des Río Cauca lebten. Den Kalk brauchte
man zum Freisetzen des Kokains beim Kauen der Cocablätter.

Der Müllkorb

E in treffenderer Titel fiel mir beim besten Willen nicht ein. Und Sie haben mein vollstes Verständnis, wenn Sie mit dieser Überschrift nicht viel anfangen können. Es handelt sich um eine Art Umweltverbesserungsmaßnahme privater Natur. Ohne irgendwelche »farbliche« Einflußnahme! Wieso?

Uns störte es ganz einfach, wenn der Müll zwischen den Abholungen – die zwar regelmäßig geplant waren, aber genauso regelmäßig ausfielen – von streunenden Hunden in der Gegend zerstreut wurde.

Wir waren froh, den Müll überhaupt loszuwerden. Man weiß ja, daß Müllautos auch kaputt gehen können, speziell, wenn man nicht das nötige Kleingeld hat, sie ordnungsgemäß zu warten. Hinzu kamen Streiks wegen nicht erhaltener Gehälter und vieles mehr. Na ja, Sie können sich sicherlich ausmalen, was es noch alles für Gründe geben könnte, daß eine Müllabfuhr ausfallen kann.

Wann immer wir Bilder unseres Hauses in Bogotá betrachten, dann steht im Vorgarten so ein großes, quadratisches Gebilde auf einem etwa einen Meter langen Fuß. Schön sieht es nicht aus, aber es ist sehr nützlich. Na, schon erraten, was es sein könnte? Ja, es ist ein Müllkorb.

Es war immer eine lästige Sache, den Müll, der verstreut im Vorgarten und auf der Straße lag, wieder einsammeln zu müssen. Die Plastiksäcke mit dem Abfall wurden normalerweise zum Termin der Müllabholung vor die Tür gestellt. Wenn dann die Wagen nicht pünktlich kamen, waren streunende Hunde meist schneller als die Müllabfuhr.

Zudem kam es auch vor, daß Stadtstreicher und Obdachlose die Säcke nach irgendetwas Nützlichem durchsuchten. Da lag es für sie doch nahe, diese Säcke einfach auszukippen. Dem wiederum halfen wir schnell ab, indem wir das, was wir nicht mehr brauchen konnten, aber noch irgendwem nützlich sein könnte, einfach neben den Müllsack stellten. Sie können sich nicht vorstellen, mit welcher Geschwindigkeit diese Sachen verschwanden.

Schwieriger war es, der Hunde Herr zu werden. Ich spreche hier vom Bogotá Anfang der 70er Jahre. Wie schon erwähnt, gab es – wie auch hier in Deutschland – feste Termine, an denen die Müllabfuhr kommen sollte. Aber wir waren eben nicht in Deutschland und man wußte nie, wann sie kommt, wenn sie denn kommt. Und stand der Sack nicht draußen, dann fuhr der Wagen einfach weiter.

Findige Leute fingen dann an, einen Müllkorb zu vermarkten, der auf einem ca. einen Meter langen Rohr stand, so daß man die Säcke bequem hineinstellen konnte und die Hunde nicht drankamen. Also kaufte ich einen. Und dann noch einen.

»Wieso zwei?«, fragen Sie.

Na, der erste lebte bei uns nur einen Tag, dann wurde er gestohlen. Der zweite brachte es immerhin auf eine Woche, dann war wieder nur noch ein Loch im Rasen, wo er gestanden hatte. Das ärgerte mich und das wollte ich ändern.

In einer Autowerkstatt besorgte ich mir eine Hinterradsteckachse. Die ist gehärtet und widersteht auch dem besten Sägeblatt. Als Nächstes nahm ich eine alte Felge und schweißte sie an diese Steckachse an. Das Loch im Erdboden mußte entsprechend groß sein, damit die Felge darin Platz hatte. Mit bestem Beton wurde sie dann eingemauert.

An und für sich ist das ein bißchen viel Aufwand für einen Müllkorb. Aber ich wollte möglichen Diebstahlsversuchen etwas entgegenstellen. Aus Baueisen schweißten mein älterer Sohn Ingo und ich dann noch einen großen Korb, so daß auch mal etwas Reserveplatz für eine verspätete Müllabfuhr gegeben war.

Eine Schönheit war der Korb gewiß nicht geworden – quadratisch und groß –, aber er war funktionell. Vier große Säcke paßten dort hinein.

Geklaut wurde er übrigens nie. Ich habe mir oft vorgestellt, daß es versucht worden sei, und stellte mir die blöden Gesichter vor, wenn weder absägen noch ausgraben möglich waren. Gesehen habe ich allerdings nie jemanden, der es versucht hätte. Oder lag es etwa daran, daß der Korb wirklich keine Schönheit war, sondern nur groß?

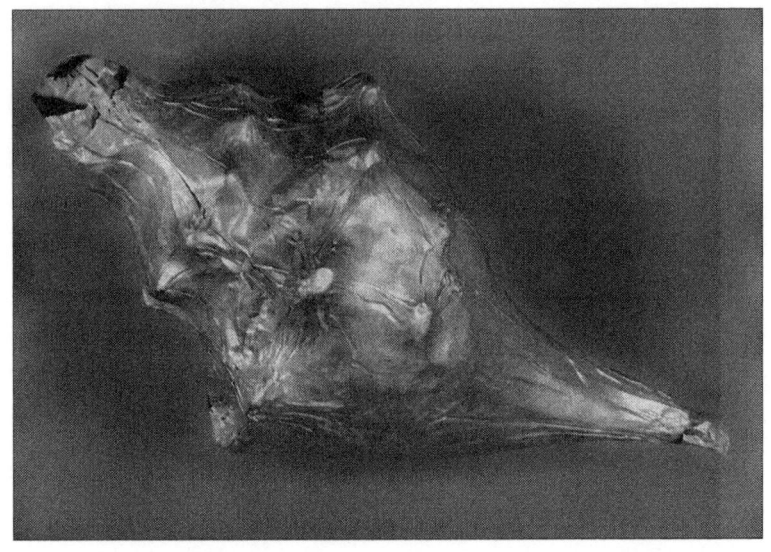

Schneckengehäuse (caracol) aus dem Gebiet des oberen Río Calima

La *Bahía de Patanemo* oder
Die Patanemo Bucht

Von Caracas – der Hauptstadt Venezuelas – bis hin nach Puerto Cabello erstreckt sich eine Küstenkordillere, die den Zugang zum Meer nur bedingt zuläßt, so daß die Buchten, die sich zwischen den einzelnen Felsausläufern gebildet haben, nur von wenigen Besuchern frequentiert wurden.

Wir aber hatten entdeckt, daß man von Puerto Cabello, ca. 300 Kilometer westlich von Caracas, wieder in Richtung Osten direkt an der Küste entlang zurückfahren konnte und dabei an eine malerische Bucht gelangte: *Patanemo*. Wenn ich das sage, spreche ich vom Jahr 1964.

Die Bucht ist ca. zwei Kilometer lang, mit einer großen, von Mangroven bewachsenen Lagune im Westen und einem 100 Meter breiten Palmengürtel entlang des Strandes. Alles so, wie wir uns die Karibik immer vorstellen. Und dazu noch Natur pur. Ein wahres Paradies.

Wann immer wir ein verlängertes Wochenende hatten – die Fahrzeit betrug immerhin fünf Stunden – fuhren wir mit zwei, drei befreundeten Ehepaaren nach *Patanemo*.

Freitag mittag ging ich aus dem Büro, um gegen 13 Uhr loszukommen. Inge hatte schon die ganzen Sachen vor die Garage gestellt, denn es mußte ja alles mitgenommen werden, vom Trinkwasser über Hängematten, Grill, Schnorchel und Schlauchboot bis zur Eisbox.

Apropos Eisbox: Direkt vom Büro aus fuhr ich noch bei *Liquid Carbonic* vorbei und kaufte dort für jede Eisbox ein Ein-Kilogramm-Stück Trockeneis, das, in viel Zeitungspapier gewickelt, bis zu vier Tage hielt. So konnten wir auch tiefgefrorene und vorgekochte Gerichte mitnehmen.

Das Beladen der Wagen ging dann ziemlich flott vonstatten. Schnell waren wir auf der Stadtautobahn in Caracas und fuhren Richtung Maracaibo. In Valencia mußten wir dann die Autobahn verlassen und in Richtung Norden zum Meer fahren, nach Puerto Cabello. Dort ging es dann weiter auf einer Erdstraße, ziemlich dicht am Meer entlang, ohne es allerdings schon sehen zu können.

Inzwischen fing es an zu dämmern und wir mußten einen Zahn zulegen, wollten wir doch die letzten 500 Meter zum Strand um nichts in der Welt im Dunkeln zurücklegen. Denn dieses Stückchen Weg bestand praktisch nur aus Schlaglöchern. Es drehte sich nicht darum, ihnen auszuweichen – das wäre ohnehin nicht möglich gewesen –, sondern es galt, die besonders tiefen zu vermeiden. Unsere amerikanischen Schlitten lagen ja durch das viele Gepäck noch tiefer als sonst.

Bis auf ein einziges Mal – das werde ich später noch erwähnen – ist es uns auch immer geglückt, gut am Strand anzukommen. Mit dem Restlicht wurden schnell unsere Hängematten aufgehängt, der Grill sowie Klapptisch und -stühle aufgestellt und die mit gereinigtem Benzin betriebenen Lampen angezündet, bei denen natürlich jedes Mal die Brennsäcke durch die Fahrerschütterungen zerfallen waren. Neue mußten also erst einmal eingebaut und abgebrannt werden. Das war immer eine recht langwierige Sache.

Wenn es dann endlich »hell« wurde, atmete alles erleichtert auf und der »Urlaub« konnte beginnen.

Zum Baden verspürte keiner mehr Lust, waren wir doch ohnehin schon klatschnaß. Vielmehr lockte uns jetzt ein Whisky mit Pepsi-Cola. Ich weiß nicht, wie es heute ist, aber zu jener Zeit trank man in Venezuela Whisky.

Damals war aber auch der *bolívar* noch eine starke Währung. Man bekam für eine DM immerhin 1,15 *bolívares*! Heute würden Sie für eine DM 1.400 *bolívares* erhalten. Benzin kostete zehn Pfennige der Liter, und das bewirkte, daß der Venezolaner auf »großem Fuß« lebte. Und wir ebenso, lernten wir es doch nicht anders.

In Deutschland hatte ich noch nie Whisky getrunken. Gegen das Gemisch mit Soda kam ich am Anfang nicht an. So bot sich das nahe Liegende an: den Alkohol mit Pepsi zu versüßen.

Wenn Sie jetzt die Nase rümpfen, gebe ich Ihnen Recht. Ich selbst bin später über Whisky-Soda zum Whisky mit Leitungswasser gekommen, und ich bin heute ein Verfechter der These, daß alles andere Vergeudung von Whisky ist. Aber damals war es eben anders.

Während einer von uns die Getränke zubereitete, kümmerte sich ein anderer um den Grill. Zwischendurch gab es immer wieder einmal einen dumpfen Knall, wenn eine Kokosnuß im Sand aufschlug. Das sei nicht weiter gefährlich, hatten uns die schwarzhäutigen Küstenbewohner beigebracht.

»Kokosnüsse haben Augen und fallen nie auf Menschen«, hatte uns ein alter Neger versichert. Und er zeigte uns auch, wo die Augen waren. Schauen Sie sich bitte einmal eine frische Kokosnuß an – natürlich, wenn sie aus ihrer Schale heraus ist –, dann entdecken Sie an dem Ende, mit dem sie am Stamm saß, drei runde Punkte, die wie Augen aussehen. Dies sind auch die Stellen, die man leicht durchbohren kann, um mit einem Strohhalm die Kokosmilch zu trinken.

Hängematten unter und zwischen Palmen: idyllisch!

Ob man es nun glaubt oder nicht: Ich kenne keinen Menschen, dem eine Nuß auf den Kopf gefallen wäre. Der wirkliche Grund ist wohl eher darin zu sehen, daß Palmen nie ganz gerade wachsen. Durch den Wind haben sie immer eine mehr oder weniger starke Neigung. Also fallen die Nüsse auch nicht dicht am Stamm herunter. Und darauf bezieht sich wohl diese Volksweisheit der Einheimischen.

Die erste Nacht in der Hängematte war immer ein wenig mühsam. Zwar kannten wir die Tricks zum Aufhängen und wie man in ihr zu liegen hatte, aber die fehlende Bewegungsfreiheit war gewöhnungsbedürftig.

Gegen Regen hatten wir uns übrigens dadurch abgesichert, daß wir über der Hängematte ein zweites Seil gezogen hatten. Daran klammerten wir ein großes Stück Plastik, das weit über beide Seiten der Hängematte herabhing. War das Wetter gut, klappten wir es zu einer Seite zurück. Freiwillig wollten wir nun doch nicht schwitzen.

Unsere Kinder, die ja zu diesem Zeitpunkt noch klein waren, schliefen auf den Sitzbänken im Auto. Einzelsitze

Von so einem Strand kann man heute nur träumen:
PATANEMO Anfang der 60er Jahre

64

hatten sich bei amerikanischen Autos noch nicht durchgesetzt.

Statt der Morgentoilette ging es nach dem Aufstehen erst einmal zum Baden. Herrlich warm empfanden wir das Wasser in der morgendlichen Kühle, und die aufgehende Sonne spiegelte sich in der ruhigen Karibik, die mit leichter Brandung, nur von der Dünung hervorgerufen, an den Strand rollte.

Wir konnten einmal mehr feststellen, daß nur vereinzelte Gruppen und Grüppchen noch am Abend eingetroffen waren, und wir auf Rufweite keine Nachbarn hatten. Paradiesische Zustände!

Was macht man nun den ganzen Tag am Strand? Ausspannen!

Zunächst einmal wollten wir uns ein paar Kokosnüsse pflücken, da die heruntergefallenen schon zu trocken waren und keine Milch mehr enthielten. Mit Tauen hatten wir uns Schlingen gemacht, mit denen es nur mühsam nach oben ging. Dort angekommen, warfen wir Jürgen einen Stock zu, mit dem er dann einige Nüsse abschlug.

Einige Negerjungen schauten unserem Treiben interessiert zu, sagten jedoch nichts. Als aber unser mutiger Kletterer wieder unten war, enterte einer von ihnen den Baum wie ein Affe auf allen vieren und rief von oben: »Wie viel Nüsse soll ich herunterwerfen?«

Wir waren baff. So einfach war das. Natürlich, wenn man's kann. Dies war auch das einzige Mal, daß wir so auf eine Palme geklettert sind. Für die Zukunft zogen wir es vor, ein paar *bolívares* als Trinkgeld für die Strandkinder zu opfern.

Während der frischen Vormittagsstunden spielten wir meistens Boccia, dort heißt es *bolas criollas*. Der Verlierer stellte den Whisky, der zugleich als Aperitif diente. Die Negerjungen, die noch herumstanden, fragten, ob wir denn morgen auch noch da wären und ob wir dann vielleicht Austern haben wollten.

Wir wollten. Allerdings gab es die, wie gesagt, erst morgen.

Am Nachmittag schwammen wir Männer mit einer Harpune zu einem kleinen Riff hinaus. Dieters Hobby war es,

*Nach vielen vergeblichen
Versuchen, entschieden
wir uns doch lieber
für das »Pflückenlassen«.*

uns mit Frischfisch zu versorgen. Es war schon ein einzigartiges Schauspiel, die knallbunten Korallenfische zu beobachten, die fast in Reichweite um uns herum schwammen, ohne irgendwelche Angst zu zeigen.

Während Dieter in zwei Stunden zwei schöne *pargo rojo*, Rotbarsche, schoß, die sich durchaus sehen lassen konnten, begnügte ich mich mit dem Betrachten der Unterwasserwelt. Das Riff selbst bestand aus festen Korallen, aber in seinem Vorfeld standen herrliche Fächerkorallen, die mit der Dünung langsam hin und her pendelten. Hinter dem Riff fiel der Meeresboden steil ab, und wir sahen in gebührendem Abstand auch eine Reihe von Baracudas stehen, die uns neugierig betrachteten.

Baracudas sind große Raubfische, die dem Menschen im Allgemeinen nicht gefährlich werden, so lange man nicht den Fehler begeht, sie harpunieren zu wollen. Aber in Riffnähe waren wir ohnehin vor allen Räubern sicher. Es gab ja auch Haie. Gesehen habe ich aber nie welche. Dagegen war es ein großartiges Schauspiel, eine *manta* – also einen Rochen – majestätisch mit langsamen Bewegungen ihrer Schwingen über den Meeresboden ziehen zu sehen. Man schwamm natürlich mit Schnorchel und Flossen und brauchte dann praktisch nur auf dem Wasser zu liegen.

Aber das ewige Heben und Senken der Dünung machte mich nach etwas mehr als einer Stunde seekrank, und ich mußte vorzeitig das Wasser verlassen. Übrigens hatte ich gelernt, beim Schnorcheln immer eine lange Hose und ein Oberhemd anzuziehen. Einmal Sonnenbrand auf meiner gesamten Rückseite reichte!

Die zwei *pargos* wurden schön gewürzt, mit Butter bestrichen, in Alufolie gewickelt und auf dem Grill gedünstet. In der Erinnerung scheint es mir, als hätte ich nie einen geschmackvolleren Fisch gegessen.

Kaum hatten wir am anderen Morgen mit einer Runde Skat angefangen, kamen tatsächlich unsere Negerjungen mit Körben voller frisch gesammelter Austern. Sie setzten sich zu unseren Füßen, gaben jedem eine Limone und fingen an, die Austern aufzumachen. Mit dem frischen Meerwasser und der Limone schmeckten sie ausgesprochen lecker. Selbst meine kleinen Söhne bekamen ihren Teil ab.

»Ein Dutzend ist voll, *doctór*«, sagte mein kleiner Schwarzer.

»Weitermachen«, war die kurze Antwort.

Bis zu vier Dutzend Austern pro Familie waren so keine Seltenheit, kosteten sie doch nichts im Vergleich zu heute und in Deutschland. Meine Söhne und ich sind immer noch Austernfans. Allerdings habe ich selten wieder so frische und schmackhafte Austern bekommen.

Am Nachmittag erkundeten wir dann mit unseren Familien per Schlauchboot die Lagune. Die Ufer dieser Brackwasserlagune waren mit einem dichten, breiten Mangrovengürtel umsäumt. Aber es gab einige Kanäle, durch die wir paddeln konnten. Die ausladenden Äste bildeten ein Dach über uns und es war angenehm frisch, weil man vor der knallenden Tropensonne geschützt war. Und da löste sich auch das Rätsel, woher denn unsere Negerjungen die Austern hatten. In Kolonien wuchsen sie an den Wurzeln der Mangroven. Und jede Menge Krebse geisterten auf dem Grund und den Wurzeln herum. Ganz ungefährlich sollte es ja nicht sein, unter den Mangroven durchzufahren.

»Baumvipern könnten in den Ästen lauern und sich auf ihre Opfer fallen lassen«, meinte ein Schwarzer, als wir ihm unsere Unternehmung schilderten.

Gut, ich kenne diese Tatsache vom Festland. Da läuft allerdings auch einiges Getier unter den Bäumen durch, auf das es sich lohnt, sich fallen zu lassen. Aber auf was wollen sich denn die Schlangen im Wasser fallen lassen?

Uns ist jedenfalls nie etwas passiert. Oder ist man als junger Mensch einfach nur unbedacht?

Zu den einheimischen Küstenbewohnern sei gesagt, daß sie lustig und zuweilen wie große Kinder sind, aber immer freundlich. Für mich gibt es nichts Herzlicheres, als das breite, offene, ungezwungene Lachen eines Farbigen. Er freut sich über alles und jedes und sein Lachen ist ansteckend. Verkniffene Gesichter wie bei uns sucht man dort vergebens. Ich spreche hier von den Küstenbewohnern. In den Großstädten ist es auch wieder anders.

Das einzige Mal, daß ich es nicht geschafft habe, vor der Dunkelheit den Strand zu erreichen, war auch das eine Mal, an dem ich mir auf dem schlechten Stückchen Straße die Ölwanne meines Wagens aufgeschlagen habe. Es war im Regen. Wir fuhren allein und die Schlaglöcher waren alle voll Wasser. Ich wollte nicht riskieren, stecken zu bleiben, und fuhr daher wohl ein wenig zu schnell.

Daß die Ölwanne leckgeschlagen war, merkte ich allerdings erst, als die rote Lampe am Armaturenbrett anging. Die 300 Meter bis zu unserem Stamm-Campingplatz schaffte der Motor auch ohne Öl. Jetzt aber war guter Rat teuer. Woher Öl nehmen in dieser Wildnis?

Als ich am nächsten Morgen dabei war, den Schaden zu beheben, d.h. mit Plastik und Putzwolle das Loch zu stopfen und alles mit Bindfäden an seinem Platz zu halten, gesellte sich ein Schwarzer zu mir und fragte, was denn los sei. Nachdem ich ihm mein Ölproblem geschildert hatte, meinte er: »Ich muß jetzt nach Puerto Cabello und komme übermorgen zurück. Ich könnte Ihnen Öl mitbringen.« Toll, das war die Lösung.

Mit zwanzig *bolívares* zog er von dannen. Ich hatte ihm keine *propina*, Trinkgeld, in Aussicht gestellt und hegte daher leichte Bedenken, ob er nicht vielleicht mit dem Geld durchbrennen würde. Aber wer erschien am Sonntagmorgen? Mein Schwarzer mit vier Dosen Öl.

Zu dieser Geschichte werde ich immer wieder gefragt, ob man denn den Leuten einfach so vertrauen kann? Meine Erfahrung dazu ist: Wenn man den Menschen Vertrauen entgegenbringt, ihren Stolz nicht verletzt und ihre Ehrlichkeit nicht anzweifelt, wird man meistens nicht enttäuscht. Dies trifft fast hundertprozentig auf die Menschen auf dem Lande und an der Küste zu. In Großstädten sollte man schon ein wenig vorsichtiger sein.

Viel zu schnell war so ein Wochenende wieder vorbei. Nach dem Mittagessen stand Packen auf dem Programm. Zu Hause angekommen, freuten wir uns schon wieder auf den nächsten Besuch in *Patanemo*, auf die Austern, den *pargo* und die unverdorbenen Küstenbewohner.

1967 sind wir von Venezuela weggegangen, und ich bin seitdem nicht wieder in *Patanemo* gewesen. Aber von Fotos meiner Freunde weiß ich, daß diese malerische Bucht dem Tourismus zum Opfer gefallen ist. Jetzt stehen auch dort Bettenburgen wie auf den Kanaren oder Balearen.

Unser Paradies gibt es leider nicht mehr. Darum schreibe ich diese Erinnerungen auf. Gut, daß es wenigstens die noch gibt.

Brustplatte der MUSICA INDIOS vom Altplano,
also dem Hochland um Bogotá und Tunja herum.

Südamerikanische Verkehrsmittel

Wie bewegt man sich in einer südamerikanischen Großstadt, in der es keine U-Bahn gibt, wenn man kein eigenes Auto benutzen möchte? Im Prinzip wie bei uns in Deutschland. Es gibt Taxis und Busse. Und von jedem verschiedene Arten.

Für Fremde, d.h. Touristen, kommen nur die normalen Taxis in Frage, zumal die meisten Besucher der Landessprache nicht allzu mächtig sind. Einem Taxifahrer kann man eine Adresse unter die Nase halten und man kommt dann im Normalfall dorthin, wo man hin wollte.

Daß man dabei mit dem Fahrpreis über den Tisch gezogen wird, ist zu verschmerzen. Die Kaufkraft unserer DM ist in Südamerika um ein Wesentliches höher, als es der Wechselkurs vermuten läßt.

Mit dem Fortschritt, der auch vor diesen Ländern nicht Halt macht, sind auch viele Taxis schon mit Taxametern ausgerüstet. Man braucht also den Preis vor Antritt der Fahrt nicht auszuhandeln. Aber auch das schützt nicht immer vor dem bewußten »Über-den-Tisch-ziehen«. Entweder ist der Taxameter gerade kaputt oder noch nicht auf den neuen Tarif umgestellt – der erst gestern gewechselt worden ist –, oder aber es fallen den Fahrern Fantasieaufschläge ein, gegen die man als Tourist keine Argumente hat.

Aber bedenken Sie: Die Einkommen sind in Südamerika normalerweise so niedrig, daß Sie es dem Fahrer gönnen sollten, an Ihnen ein wenig mehr zu verdienen. Wann sonst könnte er es denn?

Übrigens, einen Taxistand suchen Sie vergebens. Man stellt sich einfach an den Straßenrand und winkt dem herankommenden Taxi zu. Ist es besetzt, was Sie von weitem nicht sehen können, denn sie müssen ja zeitig winken, damit ihnen andere das Gefährt nicht wegschnappen, fährt

Typische Busse, wie sie in den wärmeren Regionen fahren.

es einfach durch. Sie winken dann so lange, bis Sie Glück haben und jemand anhält. So einfach ist das. Nur bei Regen kompliziert sich das Ganze ein wenig, da dann die Menge der Wagen nicht ausreicht.

Für mich zum Beispiel, der dort lebte, gab es auch die Alternative der *taxi porpuesto*. Diese fahren eine ganz bestimmte Route, die oben auf dem Dach angezeigt ist. Dort bezahlt man nur seinen Platz, daher der Name: pro Platz oder *por puesto*.

Wenn ein oder mehrere Sitzplätze frei sind, zeigt der Fahrer das mit dem im 45-Grad-Winkel nach vorn gestreckten Arm an. Sie winken ihm zu, steigen ein und weiter geht's. Unterwegs zahlt man dann den Einheitspreis, und wenn man aussteigen will, sagt man nur: »An der nächsten Ecke, bitte« oder »an der übernächsten Ampel«. Diese *porpuestos* sind preisgünstig, relativ bequem und noch schnell dazu. Aber man muß die Routen kennen, die sie fahren.

Beim Bus wird es dann kritisch. Als billigstes aller Verkehrsmittel könnte man darin schnell seine Uhr oder mehr loswerden. Als »Gegenleistung« kann man dafür ein paar Flöhe bekommen. Trotzdem, ganz uninteressant sind sie nicht.

Auf dem Dach ist doch noch jede Menge Platz!

Wenn nicht gerade Hauptverkehrszeit ist, die Busse relativ leer sind und man nur die großen Hauptstraßen entlangfahren möchte, kann man es schon einmal wagen. Gut festhalten ist angesagt, denn da es keine Haltestellen gibt, wird dort gehalten, wo gerade jemand seinen Arm am Straßenrand hebt. Fast im Laufschritt muß man einsteigen. Der Fahrer möchte nämlich vermeiden, daß ihn der nachfolgende Bus überholt, damit er dann auch bei dem nächsten Passagier wieder der Erste ist. Das ist der *lucha del centavo*, der Kampf um den Pfennig. Das Grundgehalt der Fahrer ist minimal, und sie werden pro Passagier beteiligt. Die Passagierzahl wird durch ein Zählrad, ich nenne es »Mühle«, am Eingang festgehalten, der nur vorn am Bus ist.

Wenn man aussteigen möchte, drückt man auf einen Summer, wobei man sich zeitig zur hinteren Tür, dem Ausstieg, durcharbeiten sollte. Der Fahrer hält dann bei der nächsten ihm passenden Gelegenheit an. Das kann dann schon einmal ein paar Straßen weiter sein, als man eigentlich wollte.

Warum? Nun, womöglich hat er weiter vorn Menschen stehen sehen, die vielleicht mitfahren möchten? Jedes unnötige Anhalten nur zum Aussteigen gibt doch dem Hintermann die Chance, ihn zu überholen. Das stört im Prinzip niemanden. Und wenn, dann sicherlich nur ein paar *gringos*, die ja ohnehin nur sehr selten den Bus benutzen.

Eine andere Gattung der Verkehrsmittel sind die *Micro*-Busse oder *busetas*. Sie fahren ähnlich wie die *porpuestos* auf festen Routen, nehmen jeden Passagier auf, der winkt, und man zahlt auch hier einen moderaten Einheitspreis.

Als »Einheimischer« kann man sie durchaus benutzen, wenn man gewillt ist, während der Fahrt krumm zu stehen. *Busetas* sind nämlich »VW-Transporter«, »Ford-Transits« oder ähnliche Fahrzeuge, in die man Sitzbänke eingebaut hat, auf denen nur kleinwüchsige Menschen einigermaßen sitzen können. Daher gab es für mich immer nur die Lösung zu stehen, wobei die fehlende Kopffreiheit ein Bücken erforderte. Sollte man aber die Chance haben, eine *buseta* an ihrem *terminal,* also ihrem Einsatzpunkt, besteigen zu können, dann kann man mit ein wenig Glück den Platz neben dem Chauffeur ergattern. Und der ist o.k. Mit dem gezahlten Einheitspreis können Sie dann so weit fahren, wie Sie wollen. Auch von einer Endstation zur anderen. Es hat den immensen Vorteil, daß eine Kontrolle entfällt. Wäre das nicht auch einmal ein Lösungsansatz für unseren ÖPNV?

Die Linien der *busetas* und *porpuestos* sind durch Nummern gekennzeichnet und man muß gute Augen haben, um schon von weitem erkennen zu können, ob es sich um die gewünschte Linie handelt oder nicht.

So, zumindest wissen Sie jetzt, was der erhobene Arm eines Taxifahrers bedeutet, und warum die Busse immer Rennen fahren. Als Tourist benutzen Sie bitte nur das normale Taxi und genießen die Ansicht der anderen Verkehrsmittel von außen.

Schrott? So ein Laster kann einem überall begegnen.
Viele Unternehmer können sich mehr nicht leisten.

Anhänger aus der archäologischen Zone TAIRONA

Das Phänomen des Fernwehs

In der Ferne hat man Heimweh. In der Heimat Fernweh. Nicht wahr? Also, ganz einfach ausgedrückt: Fernweh ist Heimweh mit umgekehrtem Vorzeichen.

Mit Fernweh meine ich dabei nicht die große Lust, in weite Fernen zu reisen, und auch nicht einen Urlaub in fernen Ländern. Dort bekommt man zwar Heimweh, wenn man lange genug bleibt. Aber Fernweh bekommt man nach dieser Art von Wegsein von zu Hause nicht. Fernweh geht tiefer. Ich glaube, es ist so eine Art »Krankheit«.

Die Seemannsromantik singt und erzählt vom Fernweh. Das haben wir alle schon gehört. Ich kann nur bestätigen, daß es stimmt. Der Seemann hat sein Leben auf See und in der großen, weiten Welt zugebracht. Und im Alter muß er sich in seiner Heimat bescheiden. Da überkommt ihn die Sehnsucht nach der Ferne und der so genannten Freiheit, eben der großen, weiten Welt. Das ist nicht einfach zu verstehen, wo er doch die ganze Zeit, als er zur See fuhr, Heimweh gehabt hatte.

Ähnlich ergeht es Menschen, die ein ganzes Leben im Ausland zugebracht haben und sich dann zur Pensionierung in ihre Heimat zurückziehen, von der sie doch immer geträumt hatten. Mit einem Seufzer erinnern sie sich jetzt an die »gute, alte Zeit« in der Fremde und wären gern manchmal dort. Wahrscheinlich, um nur wieder festzustellen, wie schön es doch in der Heimat ist oder war.

Wie erträgt man denn nun das Fernweh? Genauso wie das Heimweh. Man hält es mit den alten Römern: »Ubi bene, ibi patria!« Dort, wo man lebt, muß man sich anpassen, die Menschen und deren Mentalität verstehen oder zumindest versuchen zu verstehen.

Trotzdem sollte man auch seine heimischen Traditionen pflegen. Das kann von Festtagsbräuchen über spezielle Gerichte bis hin zu Folkloreabenden gehen. Es kann sich ja in privatem Rahmen abspielen und sollte das Gastland weder belästigen noch provozieren.

Auch sollte es nicht zum Lebensinhalt werden und die Eingewöhnung in das fremde Land stören oder hindern, sondern eben nur gelegentliche Zuflucht sein, wenn das Heimweh zu stark wird. Man hält damit auch die Verbundenheit mit der Heimat aufrecht.

Und plötzlich – ohne es zu merken – ist die Fremde zur Heimat geworden und das Heimweh nach der Heimat müßte, wollte man korrekt sein, Fernweh heißen, da sich die Vorzeichen umgekehrt haben.

Erstaunlicherweise widersetzen sich jedoch in Deutschland viele unserer ausländischen Gäste dieser Tatsache, und ich habe den Eindruck, daß sie alles daran setzen, um sich ja nicht einzuleben! Das ändert aber alles nichts an der Tatsache, daß Heim- und Fernweh bestehen. Nur derjenige leidet nicht darunter, der nie aus seiner engeren Heimat herausgekommen ist.

Wieso schreibe ich das alles? Ich leide unter Fernweh! Nach 30 Jahren habe ich ganz bewußt meine alte Heimat wieder zu meinem Domizil erkoren. Aber jedes Mal, wenn ich in den Zeitungen Berichte über Südamerika lese, überkommt es mich, und ich fange an zu träumen. Meine Gedanken entfernen sich von der Realität, ich entspanne mich und liege bei lauen Temperaturen unter Palmen am Meer.

Wer kennt nicht das Gefühl, das einen in so einem Moment beschleicht: Daß es doch immer so bleiben möge.

Sollte man aber den Fehler begehen, in seinem Urlaubsland zu bleiben und dort seinen Lebensunterhalt verdienen zu müssen, würde man auch da nach kurzer Zeit vom Alltag eingeholt. Und der hieße dann nicht »Palmen und Meer«, sondern »Hitze, Schwitzen, Gelderwerb, Streß usw.«! Und unter Umständen auch: »Unsicherheit, Entführung, Entbehren«!

An diesem Punkt in meinen Gedanken angelangt, bin ich mit meiner jetzigen Heimat wieder ganz zufrieden.

Ade Fernweh!

Und ich freue mich auf den nächsten Tag, die Arbeit, die Freunde, über die Tatsache überhaupt, daß ich ihn in Sicherheit und mit sozialem Netz erleben darf ...

Und natürlich freue ich mich auch auf meinen nächsten Besuch in der Heimat in der Ferne.

Armband der Indios, die in der Region TIERRADENTRO lebten.

Die verschiedenen archäoligschen Zonen Kolumbiens